U0530380

L'amant

情人

Marguerite Duras

[法] 玛格丽特·杜拉斯 著

王道乾 译

上海译文出版社

译本序

玛格丽特·杜拉斯以小说《情人》获得1984年龚古尔文学奖。这一新作在去年秋季文学书籍出版季节出现之始，即引起广泛的热烈的反响，各大报争相发表热情洋溢的评论，去年9月初发行量每日即达到一万册之多。这位女作家原属难懂的作家之列，这部作品出乎意料地受到如此热烈的欢迎，取得很大的成功，被认为是"历史性的"、"杜拉斯现象"。待龚古尔奖揭晓后，此书大概已经有近百万册送到读者手中了。

这种所谓"杜拉斯现象"是值得注意的。《新观察家》杂志上发表了一位普通读者的来信，说"在一个月之前，玛·杜对我来说还意味着玛格丽特·杜拉斯祖瓦尔 (Dura[z]oir，即杜拉斯写的那种东西之意)，一个专门写令人昏昏欲睡而且复杂得要命的书的作家，她还搞一些让人看不懂的电

i

影",可是读过《情人》以后,这位读者终于"发现了玛格丽特·杜拉斯"。一位五十六岁的心理学家说这部小说"由于这种完全独特的写法,在语法范围内的这种简练,对于形象的这种选择",简直使他为之入迷。一位工程师发表感想说:把一些违反传统、不合常规的感情写得这样自然,"必是出于大作家之手","如果作家缺乏才气,那种感情看起来就未免太可怕了"。有一位三十四岁的母亲写信在报上发表,表示她一向认为杜拉斯是"枯燥的、知识分子式的女小说家",读了她的新作之后,发现小说中有着如此丰富的情感、力量和激情,惊奇不已。这些不属于大学文学院或文学界的人士发表的意见,当然各有其思想背景,但可予注意的是像杜拉斯这样追求创新而不易为一般读者所理解的现代作家在法国已渐渐为广大读者所理解和接受了。杜拉斯不是通俗作家,其作品竟"畅销"到这样的境地,恐怕不是什么商业性或迎合某种口味的问题。

—— 小说《情人》据说最初起于玛格丽特·杜拉斯之子让·马斯科洛编的一本有关杜拉斯的生活和她摄制的影片的摄影集,题目叫作《绝对的形象》;这个影集题首写明献给布鲁诺·努伊唐(法国当代著名的很有才华的电影摄影师);影集所收图片自成一体,但其中有一幅居于中心地位的图片,即在渡船上渡河一幅独独不见,但从影集整体看,缺少的这一幅又在所有的图片中处处依稀可见。影集的说明文字有八十页，杜拉斯的生活伴侣扬·安德烈亚在打字机上打好之后，认为这些说明文字不免画蛇添足，是多余的，建议杜拉斯以之另写一本小说。杜拉斯也曾将影集连同说明文字送给出版家去看，反应冷淡。小说的起因便是如此。可知小说《情人》与作家个人生活密不可分，带有自传的因素，而且与作家的文学、电影（戏剧）创作活动也紧密相关。

玛格丽特·杜拉斯说：《情人》这本书"大部分是由过去已经说过的话组成的"。她说："读者——忠实的读者，不附带任何条件的读者对我这本书的人物都是认识的：我的母亲，我的哥哥，我的情人，还有我，地点都是我过去曾经写过的，从暹罗山到卡蒂纳大街许多地点过去都写过……所有这一切都是写过的，除开玛丽-克洛德·卡彭特和贝蒂·费尔南代斯这两个人物。为什么要写这两个女人？这是读者普遍表示有保留意见的。所以我担心这本书的已知的方面会使读者感到厌烦，对于不知的方面，人们又会因此而责备我。"可见，从小说《情人》可以寻索出这位作家文学思想的发展和各个时期发表的作品的若干线索，有助于对这位在艺术上始终进行试验的作家进一步了解。

一部小说带有自传色彩，与一部自传体作品不能等同视之。杜拉斯说，《情人》"是一本由不得自己写出而又舍我而去的书，它离开我的双手被送出去，此后它就是它了。这是我写的许多书中与各书谐音最少的一本。其中只有一句话没有写进故事框架之内，即第14页与15页（译文见本书第10页）：'我的生命的历史并不存在……'等等，关于写作一事对于我究竟是怎么一回事，我只讲过这么一次：'写作，什么也不是。'这本书全部都在这里了……"

小说当然不能等同于自叙传，同样也不应仅仅归之于一个故事，作品包含的内容大于情节。出版小说《情人》的出版家（子夜出版社）热罗姆·兰东指出："有些人曾劝她删去某些段落，我曾鼓励她保留不动，特别是关于贝蒂·费尔南代斯的一节，这是这本书最有意趣的一段，因为这一部分表明这本书的主题决非一个法国少女与一个中国人的故事而已。在我看来，这是玛格丽特·杜拉斯和作为她全部作品的源泉的那种东西之间的爱的历史。情人代表着许许多多人物……"这样的意见可能是符合一部文学作品的实际情况的。

上面所说玛格丽特·杜拉斯关于写作的看法，在小说中其实提到不止一次，但语焉不详，下笔时显然避之惟恐不及而又不得不写。在其他场合，杜拉斯谈到文学问题的文字也不多见。这个问题在《情人》中毕竟也是一个不可忽视的方面，细心看去，似可探得一些消息。

有人问这位作家，在重读自己的这本小说的时候，是不是有某些懊悔，感到遗憾的地方。回答是：没有，只有小说的结尾是例外，即小说最后十行文字写打来的一个电话。"不过，这是已经发生的事，像其余的一切一样，所以，在这一点上，又何必加以掩盖？何况这正好就是全书的结局。我写的书一向都是没有结尾的。但在这里，小说的开端就把全书关闭起来了。"这里又一次指明《情人》一书与作者的其他小说作品的不同之处。

小说处理的题目大体仍然是关于爱情、死、希望这些观念。如讲到没有爱的爱情，爱的对象便变成了"物"，等等。小说中对于现实生活中这样一些普遍现象既置之于具体的时间与空间条件下加以描绘，又常常从绝对的角度按不同层次给以测度，由此引出极度的痛苦、深可悲戚的情景，而运笔又偏于枯冷，激情潜于其下，悲剧内容既十分沉重又弥漫全篇，很是低沉悲伤。

《乌发碧眼》发表于1986年，写的是厌世，对虚实不定的世事所怀有的莫名焦虑，同时又从较为独特的视角揭示了现代人对性爱的感悟和反思。法国评论家当年曾有评论："非常诗意地描绘了绝望的性爱，完美典型的杜拉斯式的叙述……"

《人们为什么不怕杜拉斯了？》是法国评论家米雷尔·卡勒-格鲁贝尔就杜拉斯作品的"可读性"发表的专论，一并收入本书，对阅读理解杜拉斯的作品当有裨益。

王道乾

目 录

contents

情人 / 王道乾 译　　　　　　　　　　1

乌发碧眼 / 南山 译　　　　　　　　125

人们为什么不怕杜拉斯了？
——关于《情人》/ 王道乾 译　　　241

我的师承 / 王小波　　　　　　　　281

情人

致布鲁诺·努伊唐

我已经老了,有一天,在一处公共场所的大厅里,有一个男人向我走来。他主动介绍自己,他对我说:"我认识你,永远记得你。那时候,你还很年轻,人人都说你美,现在,我是特为来告诉你,对我来说,我觉得现在你比年轻的时候更美,那时你是年轻女人,与你那时的面貌相比,我更爱你现在备受摧残的面容。"

这个形象,我是时常想到的,这个形象,只有我一个人能看到,这个形象,我却从来不曾说起。它就在那里,在无声无息之中,永远使人为之惊叹。在所有的形象之中,只有它让我感到自悦自喜,只有在它那里,我才认识自己,感到心醉神迷。

太晚了，太晚了，在我这一生中，这未免来得太早，也过于匆匆。才十八岁，就已经是太迟了。在十八岁和二十五岁之间，我原来的面貌早已不知去向。我在十八岁的时候就变老了。我不知道是不是所有的人都这样，我从来不曾问过什么人。好像有谁对我讲过时间转瞬即逝，在一生最年轻的岁月、最可赞叹的年华，在这样的时候，那时间来去匆匆，有时会突然让你感到震惊。衰老的过程是冷酷无情的。我眼看着衰老在我颜面上步步紧逼，一点点侵蚀，我的面容各有关部位也发生了变化，两眼变得越来越大，目光变得凄切无神，嘴变得更加固定僵化，额上刻满了深深的裂痕。我倒并没有被这一切吓倒，相反，我注意看那衰老如何在我的颜面上肆虐践踏，就好像我很有兴趣读一本书一样。我没有搞错，我知道；我知道衰老有一天也会减缓下来，按它通常的步伐徐徐前进。在我十七岁回到法国时认识我的人，两年后在我十九岁又见到我，一定会大为惊奇。这样的面貌，虽然已经成了新的模样，但我毕竟还是把它保持下来了。它毕竟曾经是我的面貌。它已经变老了，肯定是老了，不过，比起它本来应该变成的样子，相对来说，毕竟也没有变得老到那种地步。我的面容已经被深深的干枯的皱纹撕得四分五裂，皮肤也支离破碎了。它不像某些娟秀纤细的容颜那样，从此便告毁去，它原有的轮廓依然存在，不过，实质已经被摧毁了。我的容貌是被摧毁了。

对你说什么好呢，我那时才十五岁半。

那是在湄公河的轮渡上。

在整个渡河过程中，那形象一直持续着。

我才十五岁半，在那个国土上，没有四季之分，我们就生活在唯一一个季节之中，同样的炎热，同样的单调，我们生活在世界上一个狭长的炎热地带，既没有春天，也没有季节的更替嬗变。

我那时住在西贡公立寄宿学校。食宿都在那里，在那个供食宿的寄宿学校，不过上课是在校外，在法国中学。我的母亲是小学教师，她希望她的小女儿进中学。你嘛，你应该进中学。对她来说，她是受过充分教育的，对她的小女儿来说，那就不够了。先读完中学，然后再正式通过中学数学教师资格会考。自从进了小学，开头几年，这样的老生常谈就不绝于耳。我从来不曾幻想我竟可以逃脱数学教师资格会考这一关，让她心里总怀着那样一份希望，我倒是深自庆幸的。我看我母亲每时每刻都在为她的儿女、为她自己的前途奔走操劳。终于有一天，她不需再为她的两个儿子的远大前程奔走了，他们成不了什么大气候，她也只好另谋出路，为他们谋求某些微不足道的未来生计，不过说起来，他们也算是尽到了他们的责任，他们把摆在他们面前的时机都一一给堵死了。我记得我的小哥哥学过会计课程。在函授学校，反正任何年龄任何年级都是可以学的。我母亲说，补课呀，追上去呀。只有三天热度，第四天就不行了。不干了。换了住地，函授学校的课程也只好放弃，于是另换学校，再从头开始。就像这样，我母亲坚持了整整十年，一事无成。我的小哥哥总算在西贡成了一个小小的会计。那时在殖民地机电学校是没有的，所以我们必须把大哥送回法国。他好几年留在法国机电学校读书。其实他并没有入学。我的母亲是不会受骗的。不过她也毫无选择余地，不得不让这个儿子和另外两个孩子分开。所以，几年之内，他并不在家中。正是他不在家的这几年时间，母亲购置下那块租让地。真是可怕的经历啊[1]。不过，对我们这些留下没有出去的孩子来说，总比半夜面对虐杀小孩的凶手要好得多，不那么可怕。那真像是猎手之夜那样可怕[2]。

---

1 作者早期作品《抵挡太平洋的堤坝》（1950），写一位到印度支那的法国母亲向殖民地当局地籍管理局租用印度支那南方太平洋海边一块租让地，因没有行贿，租到的竟是一块不可耕种的盐碱地，还有被太平洋大潮随时吞没的危险。后来她带着一子一女，历尽千辛万苦，与当地人合筑大堤，最后大堤还是被潮水冲决。这部作品所写内容与作者的个人经历有关，在许多方面与《情人》相通。
2 法国影片《猎手之夜》写凶犯深夜捕杀儿童。"猎手之夜"几乎成为幼儿黑夜恐怖害怕的同义语。

人们常常说我是在烈日下长大，我的童年是在骄阳下度过的，我不那么看。人们还常常对我说，贫困促使小孩多思。不不，不是这样。长期生活在地区性饥馑中的"少年－老人"[1]，他们是那样，我们不是那样，我们没有挨过饿，我们是白人的孩子，我们有羞耻心，我们也卖过我们的动产家具之类，但是我们没有挨过饿，我们还雇着一个仆役，我们有时也吃些乌七八糟的东西，水禽呀，小鳄鱼肉呀，确实如此，不过，就是这些东西也是由一个仆役烧的，是他侍候我们吃饭，不过，有的时候，我们不去吃它，我们也要摆摆架子，乌七八糟的东西不吃。当我到了十八岁，就是这个十八岁叫我这样的面貌出现了；是啊，是有什么事情发生了。这种情况想必是在夜间发生的。我怕我自己，我怕上帝，我怕。若是在白天，我怕得好一些，就是死亡出现，也不那么怕，怕得也不那么厉害。死总是缠着我不放。我想杀人，我那个大哥，我真想杀死他，我想要制服他，哪怕仅仅一次，一次也行，我想亲眼看着他死。目的是要当着我母亲的面把她所爱的对象搞掉，把她的儿子搞掉，为了惩罚她对他的爱；这种爱是那么强烈，又那么邪恶，尤其是为了拯救我的小哥哥，我相信我的小哥哥，我的孩子，他也是一

---

[1] 意指未老先衰的小老头。

个人，大哥的生命却把他的生命死死地压在下面，他那条命非搞掉不可，非把这遮住光明的黑幕布搞掉不可，非把那个由他、由一个人代表、规定的法权搞掉不可，这是一条禽兽的律令，我这个小哥哥的一生每日每时都在担惊受怕，生活在恐惧之中，这种恐惧一旦袭入他的内心，就会将他置于死地，害他死去。

关于我家里这些人，我已经写得不少，我下笔写他们的时候，母亲和兄弟还活在人世，不过我写的是他们周围的事，是围绕这些事下笔的，并没有直接写到这些事本身。

我的生命的历史并不存在。那是不存在的，没有的。并没有什么中心。也没有什么道路，线索。只有某些广阔的场地、处所，人们总是要你相信在那些地方曾经有过怎样一个人，不，不是那样，什么人也没有。我青年时代的某一小段历史，我过去在书中或多或少曾经写到过，总之，我是想说，从那段历史我也隐约看到了这件事，在这里，我要讲的正是这样一段往事，就是关于渡河的那段故事。这里讲的有所不同，不过，也还是一样。以前我讲的是关于青年时代某些明确的、已经显示出来的时期。这里讲的是同一个青年时代一些还隐蔽着不曾外露的时期，这里讲的某些事实、感情、事件也许是我原先有意将之深深埋葬不愿让它表露于外的。那时我是在硬要我顾及羞耻心的情况下拿起笔来写作的。写作对于他们来说仍然是属于道德范围内的事。现在，写作似乎已经成为无所谓的事了，事情往往就是这样。有的时候，我也知道，不把各种事物混为一谈，不是去满足虚荣心，不是随风倒，那是不行的，在这样的情况下，写作就什么也不是了。我知道，每次不把各种事物混成一团，归结为唯一的极坏的本质性的东西，那么写作除了可以是广告以外，就什么也不是了。不过，在多数场合下，我也并无主见，我不过是看到所有的领域无不是门户洞开，不再受到限制，写作简直不知到哪里去躲藏，在什么地方成形，又在何处被人阅读，写作所遇到的这种根本性的举措失当再也不可能博得人们的尊重，不过，关于这一点，我不想再作进一步的思考了。

现在，我看我在很年轻的时候，在十八岁，十五岁，就已经有了以后我中年时期因饮酒过度而有的那副面孔的先兆了。烈酒可以完成上帝也不具备的那种功能，也有把我杀死、杀人的效力。在酗酒之前我就有了这样一副酗酒面孔。酒精跑来证明了这一点。我身上本来就有烈酒的地位，对它我早有所知，就像对其他情况有所知一样，不过，真也奇怪，它竟先期而至。同样，我身上本来也具有欲念的地位。我在十五岁就有了一副耽于逸乐的面目，尽管我还不懂什么叫逸乐。这样一副面貌是十分触目的。就是我的母亲，她一定也看到了。我的两个哥哥是看到的。对我来说，一切一切就是这样开始的，都是从这光艳夺目又疲惫憔悴的面容开始的，从这一双过早就围上黑眼圈的眼睛开始的，这就是experiment[1]。

我才十五岁半。就是那一次渡河。我从外面旅行回来，回西贡，主要是乘汽车回来。那天早上，我从沙沥[2]乘汽车回西贡，那时我母亲在沙沥主持一所女子学校。学校的假期已经结束，是什么假期我记不得了。我是到我母亲任职的学校一处小小住所去度假的。那天我就是从那里回西贡，回到我在西贡的寄宿学校。这趟本地人搭乘的汽车从沙沥市场的广场开出。像往常一样，母亲亲自送我到车站，把我托付给司机，让他照料我，她一向是托西贡汽车司机带我回来，唯恐路上发生意外，火警，强奸，土匪抢劫，渡船抛锚事故。也像往常一样，司机仍然把我安置在前座他身边专门留给白人乘客坐的位子上。

---

1 英文，试验，亲身体验。
2 沙沥在湄公河（前江）南岸，距西贡约 100 公里。

这个形象本来也许就是在这次旅行中清晰地留下来的，也许应该就在河口的沙滩上拍摄下来。这个形象本来可能是存在的，这样一张照片本来也可能拍摄下来，就像别的照片在其他场合被摄下一样。但是这一形象并没有留下。对象是太微不足道了，不可能引出拍照的事。又有谁会想到这样的事呢？除非有谁能预见这次渡河在我一生中的重要性，否则，那个形象是不可能被摄取下来的。所以，即使这个形象被拍下来了，也仍然无人知道有这样一个形象存在。只有上帝知道这个形象。所以这样一个形象并不存在，只能是这样，不能不是这样。它是被忽略、被抹煞了。它被遗忘了。它没有被清晰地留下来，没有在河口的沙滩上被摄取下来。这个再现某种绝对存在的形象，恰恰也是形成那一切的起因的形象，这一形象之所以有这样的功效，正因为它没有形成。

这就是那次渡河过程中发生的事。那次渡河是在交趾支那[1]南部遍布泥泞、盛产稻米的大平原，即乌瓦洲平原永隆[2]和沙沥之间从湄公河支流上乘渡船过去的。

---

1 前法属殖民地印度支那分为三个部分，即北部的东京地区，中部的安南地区和南部的交趾支那。交趾支那包括湄公河柬埔寨洞里萨湖以下，兼有老挝部分地区，西贡为其首府。

2 永隆在湄公河（前江）南岸，与沙沥相去不远。

我从汽车上走下来。我走到渡船的舷墙前面。我看着这条长河。我的母亲有时对我说,我这一生还从来没有见过像湄公河这样美、这样雄伟、这样凶猛的大河,湄公河和它的支流就在这里汹涌流过,注入海洋,这一片汪洋大水就在这里流入海洋深陷之处消失不见。这几条大河在一望无际的平地上流速极快,一泻如注,仿佛大地也倾斜了似的。

汽车开到渡船上,我总是走下车来,即使在夜晚我也下车,因为我总是害怕,怕钢缆断开,我们都被冲到大海里去。我怕在可怕的湍流之中看着我生命最后一刻到来。激流是那样凶猛有力,可以把一切冲走,甚至一些岩石、一座大教堂、一座城市都可以冲走。在河水之下,正有一场风暴在狂吼。风在呼啸。

我身上穿的是真丝的裙衫,是一件旧衣衫,磨损得几乎快透明了。那本来是我母亲穿过的衣衫,有一天,她不要穿了,因为她觉得这件裙衫色泽太鲜,于是就把它给我了。这件衣衫不带袖子,开领很低。是真丝通常有的那种茶褐色。这件衣衫我还记得很清楚。我觉得我穿起来很相宜,很好。我在腰上扎起一条皮带,也许是我哪一个哥哥的一条皮带。那几年我穿什么样的鞋子我记不清了,只记得几件常穿的衣服。多数时间我赤脚穿一双帆布凉鞋。我这是指上西贡中学之前那段时间。自此以后，我肯定一直是正式穿皮鞋的。那天我一定是穿的那双有镶金条带的高跟鞋。那时我穿的就是那样一双鞋子，我看那天我只能是穿那双鞋。是我母亲给我买的削价处理品。我是为了上中学才穿上这样一双带镶金条带的鞋的。我上中学就穿这样一双晚上穿的带镶金条带的鞋。我本意就是这样。只有这双鞋，我觉得合意，就是现在，也是这样，我愿意穿这样的鞋，这种高跟鞋还是我有生以来第一次穿，它好看，美丽，以前我穿那种平跟白帆布跑鞋、运动鞋，和这双高跟鞋相比都显得相形见绌，不好看。

在那天，这样一个小姑娘，在穿着上显得很不寻常，十分奇特，倒不在这一双鞋上。那天，值得注意的是小姑娘头上戴的帽子，一顶平檐男帽，玫瑰木色的，有黑色宽饰带的呢帽。

她戴了这样的帽子，那形象确乎暧昧不明，模棱两可。

这顶帽子怎么会来到我的手里，我已经记不清了。我看不会是谁送给我的。我相信一定是我母亲给我买的，而且是我要我母亲给我买的。唯一可以确定的是：削价出售的货色。买这样一顶帽子，怎么解释呢？在那个时期，在殖民地，女人、少女都不戴这种男式呢帽。这种呢帽，本地女人也不戴。事情大概是这样的，为了取笑好玩，我拿它戴上试了一试，就这样，我还在商人那面镜子里照了一照，我发现，在男人戴的帽子下，形体上那种讨厌的纤弱柔细，童年时期带来的缺陷，就换了一个模样。那种来自本性的原形，命中注定的资质也退去不见了。正好相反，它变成这样一个女人有拂人意的选择，一种很有个性的选择。就这样，突然之间，人家就是愿意要它。突然之间，我看我自己也换了一个人，就像是看到了另一个女人，外表上能被所有的人接受，随便什么眼光都能看得进去，在城里大马路上兜风，任凭什么欲念也能适应。我戴了这顶帽子以后，就和它分不开了。我有了帽子，这顶帽子把我整个地归属于它，仅仅属于它，我再也和它分不开了。那双鞋，情况应该也差不多，不过，和帽子相比，鞋倒在其次。这鞋和这帽子本来是不相称的，就像帽子同纤弱的体形不相称一样，正因为这样，我反而觉得好，我觉得对我合适。所以这鞋，这帽子，每次外出，不论什么时间，不论在什么场合，我到城里去，我到处都穿它戴它，和我再也分不开了。

我儿子二十岁时拍的照片又找到了。那是他在加利福尼亚和他的女朋友埃丽卡和伊丽莎白·林那德合拍的。他人很瘦，瘦得像一个乌干达白人似的。我发现他面孔上有一种妄自尊大的笑容，又有点自嘲的神色。他有意让自己有这样一种流浪青年弯腰曲背的形象。他喜欢这样，他喜欢这种贫穷，这种穷相，青年人瘦骨嶙峋这种怪模样。这张照片拍得与渡船上那个少女不曾拍下的照片最为相像。

买这顶平檐黑色宽饰带浅红色呢帽的人，也就是有一张照片上拍下来的那个女人，那就是我的母亲。她那时拍的照片和她最近拍的照片相比，我对她认识得更清楚，了解得更深了。那是在河内小湖边上一处房子的院子里拍的。她和我们，她的孩子，在一起合拍的。我是四岁。照片当中是母亲。我还看得出，她站得很不得力，很不稳，她也没有笑，只求照片拍下就是。她板着面孔，衣服穿得乱糟糟，神色恍惚，一看就知道天气炎热，她疲惫无力，心情烦闷。我们作为她的孩子，衣服穿成那种样子，那种倒霉的样子，从这里我也可以看出我母亲当时那种处境，而且，就是在拍照片的时候，即使我们年纪还小，我们也看出了一些征兆，真的，从她那种神态显然可以看出，她已经无力给我们梳洗，给我们买衣穿衣，有时甚至无法给我们吃饱了。没有勇气活下去，我母亲每天都挣扎在灰心失望之中。有些时候，这种绝望的心情连绵不断，有些时候，随着黑夜到来，这绝望心情方才消失。有一个绝望的母亲，真可说是我的幸运，绝望是那么彻底，向往生活的幸福尽管那么强烈，也不可能完全分散她的这种绝望。使她这样日深一日和我们越来越疏远的具体事实究竟属于哪一类，我不明白，始终不知道。难道就是她做这件蠢事这一次，就是她刚刚买下的那处房子——就是照片上照的那处房子——我们根本不需要，偏偏又是父亲病重，病得快要死了，几个月以后他就死了，偏偏是在这个时候，难道就是这一次。或者说，她已经知道也该轮到她，也得了他为之送命的那种病？死期竟是一个偶合，同时发生。这许多事实究竟是什么性质，我不知道，大概她也不知道，这些事实的性质她是有所感的，并且使她显得灰心丧气。难道我父亲的死或死期已经近在眼前？难道他们的婚姻成了问题？这个丈夫也成了问题？几个孩子也是问题？或者说，这一切总起来难道都成了问题？

　　天天都是如此。这一点我可以肯定。这一切肯定是来势凶猛，猝不及防的。每天在一定的时间，这种绝望情绪就要发作。继之而来的是一切都告停顿，或者进入睡眠，有时若无其事，有时相反，如跑去买房子，搬家，或者，仍然是情绪恶劣，意志消沉，虚弱，或者，有的时候，不论你要求她什么，不论你给她什么，她就像是一个王后，要怎么就怎么，小湖边上那幢房子就是在这样的情况下买下来的，什么道理也没有，我父亲已经气息奄奄快要死了，还有这平檐呢帽,还有前面讲到的那双有镶金条带的鞋,就因为这些东西她小女儿那么想要,就买下来了。或者,平静无事,或者睡去,以至死掉。

有印第安女人出现的电影我没有看过,印第安女人就戴这种平檐呢帽,梳着两条辫子垂在前胸。那天我也梳着两条辫子,我没有像惯常那样把辫子盘起来,不过尽管这样,那毕竟是不同的。我也是两条长辫子垂在前身,就像我没有看见过的电影里的印第安女人那样,不过,我那是两条小孩的发辫。自从有了那顶帽子,为了能把它戴到头上,我就不把头发盘到头上了。有一段时间,我总是拚命梳头,把头发往后拢,我想让头发平平的,尽量不让人看见。每天晚上我都梳头,按我母亲教我的那样,每天晚上睡前都把辫子重新编一编。我的头发沉沉的,松软而又怕痛,红铜似的一大把,一直垂到我的腰上。人家常说,我这头发最美,这话由我听来,我觉得那意思是说我不美。我这引人注意的长发,我二十三岁在巴黎叫人给剪掉了,那是在我离开我母亲五年之后。我说:剪掉。就一刀剪掉了。全部发辫一刀两断,随后大致修了修,剪刀碰在颈后皮肤上冰凉冰凉的。头发落满一地。有人问我要不要把头发留下,用发辫可以编一个小盒子。我说不要。以后,没有人说我有美丽的头发了,我的意思是说，人家再也不那么说了，就像以前，在头发剪去之前，人家说我那样。从此以后，人家宁可说：她的眼睛美。笑起来还可以，也很美。

看看我在渡船上是怎么样吧，两条辫子仍然挂在身前。才十五岁半。那时我已经敷粉了。我用的是托卡隆香脂，我想把眼睛下面双颊上的那些雀斑掩盖起来。我用托卡隆香脂打底再敷粉，敷肉色的，乌比冈牌子的香粉。这粉是我母亲的，她上总督府参加晚会的时候才搽粉。那天，我还涂了暗红色的口红，就像当时的樱桃的那种颜色。口红我不知道是怎么搞到的，也许是海伦·拉戈奈尔从她母亲那里给我偷来的，我记不得了。我没有香水，我母亲那里只有古龙香水和棕榄香皂。

在渡船上，在那部大汽车旁边，还有一辆黑色的利穆新轿车[1]，司机穿着白布制服。是啊，这就是我书里写过的那种大型灵车啊。就是那部莫里斯·莱昂-博来[2]。那时驻加尔各答法国大使馆的那部郎西雅牌黑轿车[3]还没有写进文学

1　30年代法国流行的一种小汽车，车体较大，司机座露天，与后座隔开。
2　法国汽车制造商莱昂-博来（1870—1913）出产的一种轻型车。
3　郎西雅轿车是意大利菲亚特公司当时的新产品。这里提到法国驻加尔各答大使馆暗示作者所写小说《副领事》（1965），以及电影剧本《印度之歌》（1973）。

作品呢。

在汽车司机和车主之间，有滑动玻璃窗前后隔开。在车厢里面还有可以拉下来的折叠式座椅。车厢大得就像一个小房间似的。

在那部利穆新汽车里，一个风度翩翩的男人正在看我。他不是白人。他的衣着是欧洲式的，穿一身西贡银行界人士穿的那种浅色柞绸西装。他在看我。看我，这在我已经是习以为常的了。在殖民地，人们总是盯着白种女人看，甚至十二岁的白人小女孩也看。近三年来，白种男人在马路上也总是看我，我母亲的朋友总是很客气地要我到他们家里去吃午茶，他们的女人在下午都到体育俱乐部打网球去了。

我也可能自欺自误，以为我就像那些美妇人、那些招引人盯着看的女人那样美，因为，的确，别人总是盯着我看。我么，我知道那不是什么美不美的问题，是另一回事，是的，比如说，是另一回事，比如说，是个性的问题。我想怎么表现就怎么表现，你愿意我美，那就美吧，或者说漂亮也行，比如说，在家里，觉得我漂亮，就漂亮吧，仅仅限于在家里，也行，反正希望我怎样我就怎样就是了。不妨就相信好了。那就相信我是很迷人的吧。我只要信以为真，对那个看到我的人来说，就是真的，他想让我符合他的意趣，我也能行。所以，尽管我心里总是想着杀死我的哥哥，这种想法怎么也摆脱不掉，但是，我仍然可以心安理得地觉得我是迷人的、可爱。说到死这一点，只有一个唯一的同谋者，就是我的母亲。我说迷人这两个字，同别人总围着我、围着一些小孩说迷人可爱一样，没有什么不同。

我早已注意到，早已有所察觉。我知道其中总有一点什么。我知道，女人美不美，不在衣装服饰，不在美容修饰，不因为施用的香脂价钱贵不贵，穿戴珍奇宝物、高价的首饰之类。我知道问题不在这里。问题究竟何在，我也不知道。反正我知道一般女人以为问题是在那里，我认为不是。我注意看西贡街上的女人，偏僻地区的女人。其中有一些女人，十分美丽，非常白净，在这里她们极其注意保养她们姿容娇美，特别是住在边远僻静地区的那些女人，她们什么也不做，只求好好保养，洁身自守，目的是为了那些情人，为了去欧洲，为了到意大利去度假，为了每三年有六个月的长假，到那个时候，她们就可以大谈在这里的生活状况，殖民地非同一般的生活环境，这里这些人、这些仆役的工作，都是那样完美无缺，以及这里的花草树木，舞会，白色的别墅，别墅大得可以让人在里面迷路，边远地区的官员们就住在这样的别墅里。她们在等待。她们穿衣打扮，毫无目的。她们彼此相看，你看我，我看你。她们在别墅的阴影下彼此怅怅相望，一直到时间很晚，她们以为自己生活在小说世界之中，她们已经有了长长的挂满衣服的壁橱，挂满衣衫罗裙不知怎么穿才好，按时收藏各种衣物，接下来便是长久等待的时日。在她们中间，有些女人发了疯。有些被当作不说话的女仆那样抛弃了。被遗弃的女人。人们听到这样的字眼落到她们身上，人们在传布这样的流言，人们在制造这种污辱性的谣传。有些女人就这样自尽，死了。

这些女人自作、自受、自误，我始终觉得这是一大错误。

就是因为没有把欲念激发起来。欲念就在把它引发出来的人身上，要么根本就不存在。只要那么看一眼，它就会出现，要么是它根本不存在。它是性关系的直接媒介，要么就什么也不是。这一点，在 experiment 之前，我就知道了。

只有海伦·拉戈奈尔在这个法则上没有犯过错误。她还滞留在童年时期。

很久以来我都没有自己合身的连衫裙。我的连衫裙像是一些口袋，它们是我母亲的旧连衫裙改的，它们本来就像是一些口袋。我母亲让阿杜给我做的不在此列。阿杜是和我母亲形影不离的女管家，即便母亲回到法国，即便我的大哥在沙沥母亲工作的住处企图强奸她，即便不给她发工钱，她也是不肯离开我的母亲的。阿杜是在修女嬷嬷那里长大成人的，她会刺绣，还会在衣衫上打褶，手工针线活几个世纪以来已经没有人去做了，但是她依然拿着头发丝那样细的针做得一手好针线。她因为会刺绣，我母亲就叫她在床单上绣花。她会打褶，我母亲就让我穿她做的打褶连衫裙，有皱边的连衫裙，我穿起来就像穿上布袋子一样，早就不时兴了，像小孩穿的衣服，前身两排褶子，娃娃领口，要么把裙子拼幅缝成喇叭形，要么有镶斜边的飘带，做成像"时装"那样。我穿这种像口袋似的连衫裙总要系上腰带，让它变化出一个样子来，所以这种衣服就永远穿下去了。

才十五岁半。体形纤弱修长，几乎是瘦弱的，胸部平得和小孩的前胸一样，搽着浅红色脂粉，涂着口红。加上这种装束，简直让人看了可笑。当然没有人笑过。我看，就是这样一副模样，是很齐备的。就是这样了，不过戏还没有开场，我睁着眼睛看，把这一切都看在眼里。我想写作。这一点我那时已经对我母亲讲了：我想做的就是这个，写文章，写作。第一次没有反应，不回答。后来她问：写什么？我说写几本书,写小说。她冷冷地说:数学教师资格会考考上以后,你愿意,你就去写,那我就不管了。她是反对的,她认为写作没有什么价值,不是工作,她认为那是胡扯淡——她后来对我说,那是一种小孩子的想法。

这样一个戴呢帽的小姑娘,伫立在泥泞的河水的闪光之中,在渡船的甲板上孤零零一个人,臂肘支在船舷上。那顶浅红色的男帽形成这里的全部景色。是这里唯一仅有的色彩。在河上雾蒙蒙的阳光下,烈日炎炎,河两岸仿佛隐没不见,大河像是与远天相接。河水滚滚向前,寂无声息,如同血液在人体里周流。在河水之上,没有风吹动。渡船的马达是这片景色中发出的唯一声响,是连杆损坏的赤膊旧马达发出的噪音。还有各种不同的声音从远处阵阵传送过来。其次是犬吠声,从隐蔽在薄霭后面的村庄传出来的。小姑娘自幼就认识这渡船的艄公。艄公向她笑着致意,向她打听校长夫人、她的母亲的消息。他说他经常看见她在晚上搭船渡河,说她常常到柬埔寨租让地去。小姑娘回答说母亲很好。渡船四周的河水齐着船沿,汹涌地向前流去,水流穿过沿河稻田中停滞的水面,河水与稻田里的静水不相混淆。河水从洞里萨、柬埔寨森林顺流而下,水流所至,不论遇到什么都被卷去。不论遇到什么,都让它冲走了,茅屋,丛林,熄灭的火烧余烬，死鸟，死狗，淹在水里的虎、水牛，溺水的人，捕鱼的饵料，长满水风信子的泥丘，都被大水裹挟而去，冲向太平洋，连流动的时间也没有，一切都被深不可测、令人昏眩的旋转激流卷走了，但一切仍浮在河流冲力的表面。

我曾经回答她说，我在做其他一切事情之前首先想做的就是写书，此外什么都不做，什么都不做。她，她是妒忌的。她不回答，就那么看了我一眼，视线立刻转开，微微耸耸肩膀，她那种样子我是忘不了的。我可能第一个离家出走。我和她分开，她失去我，失去这个女儿，失去这个孩子，那是在几年之后，还要等几年。对那两个儿子，没有什么可忧虑的。但这个女儿，她知道，总有一天，她是要走的，总有一天，时间一到，就非走不可。她法文考第一名。校长告诉她说：太太，你的女儿法文考第一名。我母亲什么也没有说，一句话也没有说，她并不满意，因为法文考第一的不是她的儿子，我的母亲，我所爱的母亲啊，卑鄙卑鄙，她问：数学呢？回答说：还不行，不过，会行的。我母亲又问：什么时候会行呢？回答说：太太，她什么时候想要什么时候就会行的。

我所爱的母亲，她那一身装束简直不可思议，穿着阿杜补过的线袜，即使在热带她也认为身为学校校长就非穿袜子不可,她的衣衫看上去真可怜,不像样,阿杜补了又补,她娘家在庇卡底[1]乡下,家里姐姐妹妹很多,她从家乡直接来到这里,带来的东西都用尽了,她认为她这身打扮是理所当然的,是符合她的身份的,她的鞋,鞋都穿坏了,走起路来歪着两只脚,真伤脑筋,她头发紧紧地梳成一个中国女人的发髻,她那副样子看了真叫我们丢脸,她走过我们中学前面的大街,真叫我难为情,当她开着雪铁龙B12来到中学门前时,所有的人都为之侧目,她呢,她一无所知,都看不见,真该把她关起来,狠狠地揍,杀掉。她眼睛看着我,她说:你是不是要逃走呀。打定主意,下定决心,不分日夜,就是这个意念。不要求取得什么,只求从当前的处境中脱身而去。

当我的母亲从绝望的心境摆脱出来,恢复常态,她就注意到那顶男人戴的呢帽和有镶金条带的高跟鞋了。她问我这行不行。我说无所谓。她两眼看着我,她喜欢这么办,脸上有了笑容。她说挺好的,你穿这双鞋、戴这顶帽子挺好,变了一个模样了。她不问是不是她去买,她知道反正她买就是了。她知道她买得起,她知道有时她也是能够买的,逢到这样的时机我就说话了,我想要什么都可以从她那里搞到手,她不会不同意。我对她说:放心吧,一点不

---

[1] 庇卡底,法国旧省,在法国北部地区。

贵。她问在哪里卖。我说在卡蒂纳大街，大拍卖。她好意地望着我。她大概觉得小女儿这种奇怪的想法、变出花样来打扮自己，倒是一个令人鼓舞的征象。别看她那种寡妇似的处境，一身上下灰溜溜的，活像一个还俗的出家人，她不仅接受我这种奇形怪状、不合体统的打扮，而且这种标新立异她自己也喜欢。

戴上一顶男人戴的帽子，贫穷仍然把你紧紧捆住并没有放松，因为家里总需有钱收进，无论如何，没有钱是不行的。包围这一家人的是大沙漠，两个儿子也是沙漠，他们什么也不干，那块盐碱地也是沙漠，钱是没有指望的，什么也没有，完了。这个小姑娘，她也渐渐长大了，她今后也许可能懂得这样一家人怎样才会有钱收进。正是这个原因，母亲才允许她的孩子出门打扮得像个小娼妇似的，尽管这一点她并不自知。也正是这个缘故，孩子居然已经懂得怎么去干了，她知道怎样叫注意她的人去注意她所注意的钱。这样倒使得母亲脸上也现出了笑容。

后来她出去搞钱，母亲不加干预。孩子也许会说：我向他要五百皮阿斯特准备回法国。母亲说：那好，在巴黎住下来需要这个，她说：五百皮阿斯特可以了。她的孩子，她知道自己在干什么，她知道如果她真敢那么做，如果她有力量，如果思想引起的痛苦不是每天都把人折磨得死去活来，母亲一定也会选择她的孩子走的这条路。

在我写的关于我的童年的书里，什么避开不讲，什么是我讲了的，一下我也说不清，我相信对于我们母亲的爱一定是讲过的，但对她的恨，以及家里人彼此之间的爱讲过没有我就不知道了。不过，在这讲述这共同的关于毁灭和死亡的故事里，不论是在什么情况下，不论是在爱或是在恨的情况下，都是一样的，总之，就是关于这一家人的故事，其中也有恨，这恨可怕极了，对这恨，我不懂，至今我也不能理解，这恨就隐藏在我的血肉深处，就像刚刚出世只有一天的婴儿那样盲目。恨之所在，就是沉默据以开始的门槛。只有沉默可以从中通过，对我这一生来说，这是绵绵久远的苦役。我至今依然如故，面对这么多受苦受难的孩子，我始终保持着同样的神秘的距离。我自以为我在写作，但事实上我从来就不曾写过，我以为在爱，但我从来也不曾爱过，我什么也没有做，不过是站在那紧闭的门前等待罢了。

我在湄公河上搭渡船过河的那天，也就是遇到那部黑色利穆新小汽车的那天，为拦海修堤买的那块租让地我母亲那时还没有决定放弃。那时,像过去一样,我们三个人常常是黑夜出发,一同上路,到海堤那里去住几天。在那里,我们在般加庐[1]的游廊上住宿,前面就是暹罗山。然后,我们又离开那里,回家去。母亲在那里分明没有什么事情可做,但还是一去再去。我的小哥哥和我,同她一起住在前廊里,空空张望着面前的森林。现在我们已经长大,再也不到水渠里去洗澡了,也不到河口沼泽地去猎黑豹了,森林也不去了,种胡椒的小村子也不去了。我们周围的一切也长大了。小孩都看不见了,骑在水牛背上或别处的小孩都看不到了。人们身上似乎都沾染了某种古怪的特征,我们也是这样,我母亲身上那种疏懒迟钝,在我们身上也出现了。在这个地方,人们什么都不知道,只是张望着森林,空空等待,哭泣。低洼地肯定是没有指望了,雇工只能到高处小块土地上耕种,种出的稻谷归他们所有,他们人还留在那里,拿不到工资,我母亲叫人盖起茅屋,用来作为他们栖身之地。他们看重我们,仿佛我们也是他们家族中的成员,他们能够做的就是看管那里的般加庐,现在仍然由他们看管。尽管贫穷,碗里倒不缺什么。屋顶长年累月被雨水浸蚀朽坏,逐渐消失了。但屋里的家具擦洗得干干净净。带游廊的平屋外形仍在,清晰得像是一幅画,从大路走过就可以看见。屋门每天都敞开

---

[1] 般加庐,一种带游廊的平房,在印度一带常见。

着，让风吹进室内，使房屋内外的木料保持干燥。傍晚关门闭户，以防野狗、山里的私贩子闯入。

所以，你看，我遇到坐在黑色小汽车里的那个有钱的男人，不是像我过去写过的那样在云壤[1]的餐厅里，而是在我们放弃那块租地之后，在两或三年之后，我是说在那一天，是在渡船上，是在烟雾蒙蒙、炎热无比的光线之下。

我的母亲就是在这次相遇之后一年半带我们回法国的。她把她所有家具用物全部卖掉了。最后她又到大堤去了一次，最后一次。她坐在游廊下面，面对着夕照，再一次张望暹罗那一侧，这是最后一次，以后就没有再去，尽管她后来改变想法，又离开法国，再次回到印度支那，在西贡退休，此后她就没有再到那里去过，再去看那里的群山，那里大森林上空黄黄绿绿的天宇。

是的，就让我说出来吧，在她这一生之中，即使让她再从头开始，那也是太晚了，迟了。她是办过一所专教法语的专科学校，叫作新法语学校，这样可以让她拿出一部分钱来

---

1 云壤在今柬埔寨磅逊湾，与磅逊相近。此处所写可能指殖民地滨海城市休闲享乐的去处。

供给我读书，维持她的大儿子的生活，一直到她死去。

　　我的小哥哥得了支气管肺炎，病了三天，因心力不支死去。正是在这个时候，我离开了我的母亲。那是在日本占领时期。由此开始，一切都已告一结束。关于我们这些孩子的童年生活，关于她自己，我从来没有问过她。小哥哥一死，对我来说，她应该也是死了。同样，我的大哥，也可以说是死了。这一来，他们加之于我的恐惧感，我始终没有能克服。他们对于我从此不再有什么重大关系了。从此以后，对于他们我也无所知了。她究竟是怎样还清她欠印度商人的债务的，我一直不知道。反正有那么一天，他们不再来了，此后也没有再来讨债。我见过他们。他们坐在沙沥我家的小客堂间里，穿的白布缠腰，他们坐在那里不说什么，几个月、几年时间，一直是这样。只见母亲又是哭，又是闹，骂他们，她躲在她的房间里，她不愿意出来，她吼叫着，叫他们走，放开她，他们只当什么也没有听到，面带笑容，安安静静，坐在那里不动。后来，有一天，他们都不见了，不来了。现在，母亲和两个哥哥，都已不在人世。即使回首往事，也嫌迟了。现在，我对他们已经无所爱。我根本不知道我是不是爱过他们。我已经离开他们。在我头脑里，她的皮肤的气味，早已没有、不存在了，在我的眼里，她眼睛的颜色也早已无影无踪。那声音，我也记不得了，有时，我还能想起傍晚那种带有倦意的温煦。那笑声，是再也听不到了，笑声，哭声，都听不到了。完了，完了，都忘了，都记不起来了。所以，我现在写她是这么容易，写得这么长，可以一直写下去，她已经变成文从字顺的流畅文字了。

从1932年到1949年，这个女人大概一直是住在西贡。我的小哥哥是在1942年12月死的。那时，不论什么地方她都不能去了。她滞留在那边，已经接近坟墓，半截入土了，这是她说的。后来，她终于又回到法国来。我们相见的时候，我的儿子才两岁。说是重逢，也未免来得太迟。只要看上一眼，就可以了然。重逢已经没有任何意义了。除去那个大儿子，其他一切都已经完结。她在卢瓦尔-歇尔省[1]住在一处伪造的路易十四城堡中生活了一个时期，后来死在那里。她和阿杜住在一起。在夜里她仍然是什么都怕。她还买了一条枪。阿杜在城堡最高层顶楼房间里警戒。她还为她的大儿子在昂布瓦斯[2]附近买了一处产业。他在那里还有一片树林。他叫人把林木伐下。他在巴黎一个俱乐部赌牌。一夜之间就把这一片树林输掉了。讲到这个地方，我的回忆有一个

---

1 在法国中部，巴黎之南。

2 在与卢瓦尔-歇尔省相邻的安德尔-卢瓦尔省境内。

转折，也许正是在这里我这个哥哥让我不禁为之流泪了，那是卖去木材的钱都输光以后的事。我记得有人在蒙帕纳斯圆顶咖啡馆门前发现他倒在他的汽车里，这时他已别无他想，只求一死。以后，关于他，我就无所知了。母亲做的事当然永远都是为了这个大儿子，这个五十岁的大孩子，依然不事生计，不会挣钱，说起来，她所做的一切，简直不可想象，她居然利用她的古堡设法赚钱。她买了几部电热孵化器，安装在古堡底层的大客厅里。一下就孵养雏鸡六百只，四十平方米养六百只小雏鸡。电热红外线操纵她搞得不得法，孵出的小鸡都不能进食。六百只小鸡嘴合不拢，闭不上，都饿死了，她只好罢手，没有再试。我来到古堡的时候，正当鸡雏破壳孵化出来，那真是一个盛大的节日。接着，死雏发出臭气，鸡食发出臭气，臭气熏天，我在我母亲的古堡里一吃饭就恶心呕吐。

在她死前最后几个冬天，她把绵羊放到她住的二楼大房间里过夜，在结冰期，让四头到六头绵羊围在她床四周。她把这些绵羊叫作她的孩子。她就是在阿杜和她的这些孩子中间死去的。

就在那个地方，她最后住过的那座大房子，就是在卢瓦尔的那个假古堡，这个家庭各种事情已经到了终点，她不停地去去来来到处奔波，这时已告结束，就在这个时候，我才第一次真正弄清楚那种疯狂。我看到我的母亲真是疯了。我看阿杜和我的哥哥也一直在发病，也是这种疯病。我么，我没有病，从来不曾看到有这种病。我并没有亲眼看到我母亲处于疯狂状态。但她确实是一个疯人。生来就是疯人。血液里面就有这种疯狂。她并没有因疯狂而成为病人，她是疯狂地活着，就像过着健康生活一样。她是同阿杜和大儿子一起生活过来的。只有在他们之间，他们是知己，互相了解。过去她有很多朋友，这种友谊关系保持多年，并且从到这个偏远地区来的人中间，还结识了一些新朋友，大多是年轻的朋友，后来在都兰[1]的人中间也认识了一些人，他们中间有的是从法属殖民地回来的退休人员。她能把这些人吸引在自己身边，什么年龄的人都有，据他们说，就是因为她为人聪明，又那么机敏，又十分愉快，就因为这种不会让人感到厌倦的无与伦比的天性。

那张表现绝望情境的照片是谁拍的，我不知道。就是在河内住处庭院里拍的那张照片。也许是我父亲拍的，是他最后一次拍照也说不定。因为健康的原因，他本来再过几个月

---

[1] 都兰旧省区，大体包括今安德尔-卢瓦尔省与卢瓦尔-歇尔省。

就要回国，回到法国去。在此之前，他的工作有调动，派他到金边去任职。他在那里只住了几个星期。后来，不到一年，他就死了。我母亲不同意和他一起回国，就在那里留下来了，她就留在那里没有走。在金边。那是湄公河畔一座很好的住宅，原是柬埔寨国王的故宫，坐落在花园的中心，花园方圆有若干公顷，看上去是怕人的，我母亲住在里面感到害怕。那座大宅子，在夜里，是让我们害怕。我们四个人睡在同一张床上。在夜里，她说她怕。我母亲就是在这个大宅子里面得到父亲的死讯的。在接到电报之前，她已经知道父亲死了，前一天夜晚已经见到征兆，只有她一个人看到，只有她一个人能听到，是一只飞鸟半夜三更失去控制狂飞乱叫，飞到王宫北向那间大办公室里消失不见了，那原是我父亲办公事的地方。在她的丈夫过世几天之后，仍然是在这个地方，也是在半夜，我母亲又面对面看到了她的父亲，她自己的生身之父。她把灯点上。他依然还在。他站在桌子的一侧，在王宫八角大厅里。他望着她。我记得我听到一声尖叫，一声呼救。她把我们都吵醒了，她给我们讲了这个故事，讲他穿什么衣服，穿的是星期日穿的服装，灰色的，又讲他是怎么站的，还有他那种眼神，怎样直直地望着她。她说：我叫他了，就像我小时候叫他那样。她说：我不怕。那个人影后来渐渐隐没，她急忙追上去。两个人都死于飞鸟出现、人影显现的那个日期和时间。由此,对于母亲的预知能力,对万事万物以及死亡都能预见,我们当然是十分敬服的。

那个风度翩翩的男人从小汽车上走下来,吸着英国纸烟。他注意着这个戴着男式呢帽和穿镶金条带的鞋的少女。他慢慢地往她这边走过来。可以看得出来,他是胆怯的。开头他脸上没有笑容。一开始他就拿出一支烟请她吸。他的手直打颤。这里有种族的差异,他不是白人,他必须克服这种差异,所以他直打颤。她告诉他说她不吸烟,不要客气,谢谢。她没有对他说别的,她没有对他说不要啰嗦,走开。因此他的畏惧之心有所减轻。所以他对她说,他以为自己是在做梦。她没有答话。也不需要答话,回答什么呢。她就那么等着。这时他问她:那么你是从哪儿来?她说她是沙沥女子小学校长的女儿。他想了一想,他说他听人谈起过校长夫人,她的母亲,讲到她在柬埔寨买的租地上运气不佳,事情不顺利,是不是这样?是的,是这样。

他一再说在这渡船上见到她真是不寻常。一大清早,一个像她这样的美丽的年轻姑娘,就请想想看,一个白人姑娘,竟坐在本地人的汽车上,真想不到。

他对她说她戴的这顶帽子很合适,十分相宜,是……别出心裁……一顶男帽,为什么不可以?她是这么美,随她怎样,都是可以的。

她看看他。她问他,他是谁。他说他从巴黎回来,他在巴黎读书,他也住在沙沥,正好在河岸上,有一幢大宅,还有蓝瓷栏杆的平台。她问他,他是什么人。他说他是中国人,他家原在中国北方抚顺。你是不是愿意让我送你到西贡,送你回家?她同意了。他叫司机把姑娘的几件行李从汽车上拿下来,放到那部黑色小汽车里去。

中国人。他属于控制殖民地广大居民不动产的少数中国血统金融集团中一员。他那天过湄公河去西贡。

她上了黑色的小汽车。车门关上。恍惚间,一种悲戚之感,一种倦怠无力突然出现,河面上光色也暗了下来,光线稍稍有点发暗。还略略有一种听不到声音的感觉,还有一片雾气正在弥漫开来。

从此以后我就再也不需搭乘本地人的汽车出门了。从此以后我就算是有了一部小汽车,坐车去学校上课,坐车回寄宿学校了。以后我就要到城里最讲究的地方吃饭用餐。从此以后,我所做的事,对我所做的这一切,我就要终生抱憾,惋惜不已了;我还要为我留下的一切,为我所取得的一切,不论是好是坏,还有汽车,汽车司机,和他一起说笑,还有本地人乘的汽车车座后面那些嚼槟榔的老女人，还有坐在车子行李架上的小孩，在沙沥的家，对沙沥那个家族的憎恶、恐惧，还有他那很是独特的无言沉默，我也要抱憾终生，只有惋惜了。

他在讲话。他说他对于巴黎，对非常可爱的巴黎女人，对于结婚，丢炸弹事件，嗳呀呀[1]，还有圆顶咖啡馆，圆厅咖啡馆，都厌倦了，他说，我么，我宁可喜欢圆厅，还有夜总会，这种"了不起"的生活，这样的日子，他过了整整两年。她听着，注意听他那长篇大论里面道出的种种阔绰的情况，听他这样讲，大概可以看出那个开销是难以计数的。他继续讲着。他的生母已经过世。他是独养儿子。他只有父亲，他的父亲是很有钱的。他的父亲住在沿河宅子里已有十年之久，鸦片烟灯一刻不离，全凭他躺在床上经营他那份财产，这你是可以了解的。她说她明白。

后来，他不允许他的儿子同这个住在沙沥的白人小娼妇结婚。

那样的形象早在他走近站在船舷前面白人女孩子之前就已经开始形成，当时，他从黑色小汽车走下来，开始往她这

---

[1] 这是巴黎人说话的口气。

边走过来，走近她，当时，她就已经知道他心有所惧，有点怕，这，她是知道的。

从一开始，她就知道这里面总有着什么，就像这样，总有什么事发生了，也就是说，他已经落到她的掌握之中。所以，如果机遇相同，不是他，换一个人，他的命运同样也要落在她的手中。同时，她又想到另一件事，就是说，以后，那个时间一定会到来，到时对自己担负的某些责任她也是决不可规避的。她明白，这件事决不可让母亲知道，两个哥哥也决不能知道，这一点在那一天她就已经考虑到了。她上了那部黑色的小汽车，她心里很清楚，这是她第一次避开她家做的事，由此开始，这也就成了永远的回避。从此以后，她发生什么事，他们是再也不会知道了。有人要她，从他们那里把她抢走，伤害她，糟蹋她，他们是再也不会知道了。不论是母亲，或是两个哥哥，都不会知道了。他们的命运从此以后也是注定了。坐在这部黑色小汽车里真该大哭一场。

现在，这个孩子，只好和这个男人相处了，第一个遇到的男人，在渡船上出现的这个男人。

这一天，是星期四，事情来得未免太快。以后，他天天都到学校来找她，送她回宿舍。后来，有一次，星期四下午，他到宿舍来了。他带她坐黑色小汽车走了。

到了堤岸[1]。这里与连结中国人居住的城区和西贡中心地带的大马路的方向相反，这些美国式的大马路上电车、人力车、汽车川流不息。下午，时间还早。住在寄宿学校的女学生规定下午休息散步，她逃脱了。

那是城内南部市区的一个单间房间。这个地方是现代化的，室内陈设可说是速成式的，家具都是现代式样。他说：我没有去选一些好的家具。房间里光线暗暗的，她也没有要他打开百叶窗。她有点茫然，心情如何也不怎么明确，既没有什么憎恶，也没有什么反感，欲念这时无疑已在。对此她并不知道。昨天晚上，他要求她来，她同意了。到这里来，不得体，已经来了，也是势所必然。她微微感到有点害怕。事实上这一切似乎不仅与她期望的相一致，而且恰恰同她的处境势必发生的情势也相对应。她很注意这里事物的外部情况，光线，城市的喧嚣嘈杂，这个房间正好沉浸在城市之中。他，他在颤抖着。起初他注意看着她，好像在等她说话，但是她没有说话。于是他僵在那里再也不动了，他没有去脱她的衣服，只顾说爱她，疯了似的爱她，他说话的声音低低的。随后他就不出声了。她没有回答他。她本来可以回答说她不爱他。她什么也没有说。突然之间，她明白了，就在一刹那之间，她知道：他并不认识她，永远不会认识她，

---

[1] 堤岸，距西贡有 2 公里，中国人聚居区。

他也无法了解这是何等的邪恶。为了诱骗她,转弯抹角弄出多少花样,他,他还是不行,他没有办法。独有她懂得。她行,她知道。由于他那方面的无知,她一下明白了:在渡船上,她就已经喜欢他了。他讨她欢喜,所以事情只好由她决定了。

她对他说:我宁可让你不要爱我。即便是爱我,我也希望你像和那些女人习惯做的那样做起来。他看着她,仿佛被吓坏了,他问:你愿意这样?她说是的。说到这里,他痛苦不堪,在这个房间,作为第一次,在这一点上,他不能说谎。他对她说他已经知道她不会爱他。她听他说下去。开始,她说她不知道。后来,她不说话,让他说下去。

他说他是孤独一个人,就孤零零一个人,再就是对她的爱,这真是冷酷无情的事。她对他说:她也是孤独一个人。还有什么,她没有讲。他说:你跟我到这里来,就像是跟任何一个人来一样。她回答说,她无法知道,她说她还从来没有跟什么人到过一个房间里。她对他说,她不希望他只是和她说话,她说她要的是他带女人到他公寓来习惯上怎么办就怎么办。她要他照那样去做。

他把她的连衫裙扯下来,丢到一边去,他把她白布三角裤拉下,就这样把她赤身抱到床上。然后,他转过身去,退到床的另一头,哭起来了。她不慌不忙,既耐心又坚决,把他拉到身前,伸手给他脱衣服。她这么做着,两眼闭起来不去看。不慌不忙。他有意伸出手想帮她一下。她求他不要动。让我来。她说她要自己来,让她来。她这样做着。她把他的衣服都脱下来了。这时,她要他,他在床上移动身体,但是轻轻地,微微地,像是怕惊醒她。

肌肤有一种五色缤纷的温馨。肉体。那身体是瘦瘦的,绵软无力,没有肌肉,或许他有病初愈,正在调养中,他没有唇髭,缺乏男性的刚劲,只有生殖器是强有力的,人很柔弱,看来经受不起那种使人痛苦的折辱。她没有看他的脸,她没有看他。她不去看他。她触摩他。她抚弄那柔软的生殖器,抚摩那柔软的皮肤,摩挲那黄金一样的色彩,不曾认知的新奇。他呻吟着,他在哭泣。他沉浸在一种糟透了的爱情之中。

他一面哭,一面做着那件事。开始是痛苦的。痛苦过后,转入沉迷,她为之一变,渐渐被紧紧吸住,慢慢地被抓紧,被引向极乐之境,沉浸在快乐之中。

大海是无形的,无可比拟的,简单极了。

在这一时刻到来之前,在渡船上,那形象就已经先期进到现在的这一瞬间。

那个穿着打补丁的袜子的女人的形象也曾在这房间里闪现。她终于也像一个少女那样显现出来。两个儿子早已知道此事。女儿还自懵然不知。这兄妹三人在一起从来没有谈过他们的母亲，也没有讲过他们对母亲的这种认识，正因为这种认识才使他们和她分隔开来，这决定性的，终极的认识，那就是关于母亲的童年的事。

母亲不知道世界上有这种快乐存在。

我不知道我在出血。他问我痛不痛，我说不痛，他说他很高兴。

他把血擦去，给我洗净。我看着他做这些事。他又回来，好像是无动于衷似的，他又显得很是诱人。我心想，我母亲给我规定的禁令，我怎么抵制得了。心是平静的，决心已经下定。我又怎么能做到把"这样的意念坚持到底"呢。

我们对看着。他抱着我的身体。他问我为什么要来。我说我应该来，我说这就好比是我应尽的责任。这是我们第一次这样说话。我告诉他我有两个哥哥。我说我们没有钱。什么都没有。他认识我的大哥，他在当地鸦片烟馆遇到过他。我说我这个哥哥偷我母亲钱，偷了钱去吸鸦片，他还偷仆人的,我说烟馆老板有时找上门来问我母亲讨债。我还把修海堤的事讲给他听。我说我母亲快要死了,时间不会拖得很久。我说我母亲很快就要死了,也许和我今天发生的事有关联。

我觉得我又想要他。

他很可怜我,我对他说:不必,我没有什么好可怜的,除了我的母亲,谁也不值得可怜。他对我说:是因为我有钱,你才来的。我说我想要他,他的钱我也想要,我说当初我看到他,他正坐在他那辆汽车上,本来就是有钱的,那时候我就想要他,我说,如果不是这样,我也不可能知道我究竟该怎么办。他说:我真想把你带走,和你一起走。我说我母亲没有因痛苦而死去,我是不能离开她的。他说一定是他的运气太坏了,不能和我在一起,不过,钱他会给我的,叫我不要着急。他又躺下来。我们再一次沉默了。

城里的喧闹声很重,记得那就像一部电影音响放得过大,震耳欲聋。我清楚地记得,房间里光线很暗,我们都没有说话,房间四周被城市那种持续不断的噪音包围着,城市如同一列火车,这个房间就像是在火车上。窗上都没有嵌玻璃,只有窗帘和百叶窗。在窗帘上可以看到外面太阳下人行道上走过的错综人影。过往行人熙熙攘攘。人影规则地被百叶窗横条木划成一条条的。木拖鞋声一下下敲得你头痛,声音刺耳，中国话说起来像是在吼叫，总让我想到沙漠上说的语言，一种难以想象的奇异的语言。

外面，白日已尽。从外面的种种声响，行人越来越多，越来越杂沓，可以听得出来。这是一个寻欢作乐的城市，入夜以后，更要趋向高潮。现在，夕阳西下，黑夜已经开始了。

这床与那城市，只隔着这透光的百叶窗，这布窗帘。没有什么坚固的物质材料把我们同他人隔开。他们不知道我们的存在。我们，我们可以察觉他们的什么东西，他们发出的声音，全部声响，全部活动，就像一声汽笛长鸣，声嘶力竭的悲哀的喧嚣，但是没有回应。

房间里有焦糖的气味侵入，还有炒花生的香味，中国菜汤的气味，烤肉的香味，各种绿草的气息，茉莉的芳香，飞尘的气息，乳香的气味，烧炭发出的气味，这里炭火是装在篮子里的，炭火装在篮中沿街叫卖，所以城市的气味就是丛莽、森林中偏僻村庄发出的气息。

恍惚之间，我看见他身上穿着一件黑色浴衣。他坐在那里，在喝威士忌，抽烟。

他告诉我：我刚才睡着了，他洗了一个澡。我刚才只是恍惚觉得有些睡意。他在矮矮的小桌上点起了一盏灯。

我突然转念在思忖这个人，他有他的习惯，相对来说，他大概经常到这个房间来，这个人大概和女人做爱不在少数，他这个人又总是胆小害怕，他大概用多和女人做爱的办法来制服恐惧。我告诉他我认为他有许多女人，我喜欢我有这样的想法，混在这些女人中间不分彼此，我喜欢我有这样的想法。我们互相对看着。我刚刚说的话，他理解，他心里明白。相互对视的目光这时发生了质变，猛可之间，变成虚伪的了，最后转向恶，归于死亡。

我叫他过来，我说，他必须再抱我。他移身过来。英国烟的气味很好闻，贵重原料发出的芳香，有蜜的味道，他的皮肤透出丝绸的气息，带柞丝绸的果香味，黄金的气味。他是诱人的。我把我对他的这种欲望告诉他。他对我说再等一等。他只是说着话。他说从渡河开始，他就明白了，他知道我得到第一个情人后一定会是这样，他说我爱的是爱情，他说他早就知道，至于他，他说我把他骗了，所以像我这种人，随便遇到怎样一个男人我都是要骗的。他说，他本人就是这种不幸的证明。我对他说，他对我讲的这一切真叫我高兴，这一点我也对他说了。他变得十分粗鲁，他怀着绝望的心情，扑到我身上，咬我的胸，咬我不成形的孩子那样的乳房，他叫着，骂着。强烈的快乐使我闭上了眼睛。我想：他的脾性本是如此，在生活中他就是这样做的，也是这样爱的，如此而已。他那一双手，出色极了，真是内行极了。我真是太幸运了，很明显，那就好比是一种技艺，他的确有那种技艺，该怎么做，怎么说，他不自知，但行之无误，十分准确。他把我当作妓女，下流货，他说我是他唯一的爱，他当然应该那么说，就让他那么说吧。他怎么说，就让他照他所说的去做，就让肉体按照他的意愿那样去做，去寻求，去找，去拿，去取，很好，都好，没有多余的渣滓，一切渣滓都经过重新包装，一切都随着急水湍流裹挟而去，一切都在欲望的威力下被冲决。

城市的声音近在咫尺，是这样近，在百叶窗木条上的摩擦声都听得清。声音听起来就仿佛是他们从房间里穿行过去似的。我在这声音、声音流动之中爱抚着他的肉体。大海汇集成为无限，远远退去，又急急卷回，如此往复不已。

我要求他再来一次，再来再来。和我再来。他那样做了。他在血的润滑下那样做了。实际上那是置人于死命的。那是要死掉的。

他点燃一支烟，把烟拿给我吸。对着我的嘴，他放低声音对我讲了。

我也悄声对他说了。

因为，他不知道他自己是怎样的，我站在他的地位上代他讲了，因为，他身上有一种基本的美雅他并不知道，我代他讲了。

现在已经是黄昏时分。他对我说：将来我一生都会记得这个下午，尽管那时我甚至会忘记他的面容，忘记他的姓名。我问自己以后是不是还能记起这座房子。他对我说：好好看一看。我把这房子看了又看。我说这和随便哪里的房间没有什么两样。他对我说，是，是啊，永远都是这样。

我再看看他的面孔，那个名字也要牢记不忘。我又看那刷得粉白的四壁，开向热得像大火炉的户外的窗上挂着的帆布窗帘，通向另一房间和花园的另一扇有拱顶的门，花园在光天化日之下，花木都被热浪烤焦了，花园有蓝色栅栏围住，那栅栏就和湄公河岸上沙沥列有平台的大别墅一模一样。

这里是悲痛的所在地，灾祸的现场。他要我告诉他我在想什么。我说我在想我的母亲，她要是知道这里的真情，她一定会把我杀掉。我见他挣扎了一下，动了一动。接着他说，说他知道我母亲将会怎么说，他说：廉耻丧尽。他说，如果已经结婚，再有那种意念他决不能容忍。我注意看着他。他也在看我，他对这种自尊心表示歉意。他说：我是一个中国人。我们笑了。我问他，像我们，总是这样悲戚忧伤，是不是常有的事。他说这是因为我们在白天最热的时候做爱。他说，事后总是要感到心慌害怕的。他笑着。他说：不管是真爱还是不爱，心里总要感到慌乱，总是害怕的。他说，到夜晚，就消失了，暗夜马上就要来临。我对他说那不仅仅因为是白天，他错了。我说这种悲戚忧伤本来是我所期待的，我原本就在悲苦之中，它原本就由我而出。我说我永远是悲哀的。我说我小的时候拍过一张照片，从照片上我就已经看到这种悲哀。我说今天这份悲哀，我认出它是与生俱来，我几乎可以把我的名字转给它，因为它和我那么相像，那么难解难分。今天，我对他说，这种悲哀无异也是一种安舒自在，一种沦落在灾祸中的安乐，这种灾祸我母亲一直警告我，那时她正在她那荒凉空虚的一生中啼号哭叫，孤苦无告。我告诉他：母亲对我讲的一切，我还不太理解，但是我知道，这个房间是我一直期待着的。我这样诉说着，并不需要回答。我告诉他说，我母亲呼唤的东西，她相信那就是上帝派来的使者。她呼号叫唤，她说不要等待什么，不要期待于任何人，任何国家，任何上帝。他看着我，听着我这样说，眼光一刻也不曾离开我，我说话的时候，他看着我的嘴，我没有穿衣服，赤身在外，他抚摩着我，也许他没有听，有没有听我不知道。我说我并不想搞出祸事来，我觉得那是一个个人的问题。我向他解释，靠我母亲的工资吃饭穿衣，总之活下去，为什么偏偏这么难。我说着说着说不下去了。他问：那你怎么办？我告诉他：反正我在外面，不在家里，贫穷已经把一家四壁推倒摧毁，一家人已经被赶出门外，谁要怎么就怎么。胡作非为，放荡胡来，这就是这个家庭。所以我在这里和你搞在一起。他压在我身上，猛烈冲撞。我们就这样僵在那里不动了，在外面的城市喧嚣声中呻吟喘息。那闹声我们还听得见。后来，我们就什么也听不见了。

吻在身体上，催人泪下。也许有人说那是慰藉。在家里我是不哭的。那天，在那个房间里，流泪哭泣竟对过去、对未来都是一种安慰。我告诉他说，我终归是要和我的母亲分开的，甚至迟早我会不再爱我的母亲。我哭了。他的头靠在我的身上，因为我哭，他也哭了。我告诉他，在我的幼年，我的梦充满着我母亲的不幸。我说，我只梦见我的母亲，从来梦不到圣诞树，永远只有梦到她，我说，她是让贫穷给活剥了的母亲，或者她是这样一个女人，在一生各个时期，永远对着沙漠，对着沙漠说话，对着沙漠倾诉，她永远都在辛辛苦苦寻食糊口，为了活命，她就是那个不停地数说自己遭遇的玛丽·勒格朗·德·鲁拜，不停地诉说着她的无辜，她的节俭，她的希望。

暗夜透过百叶窗来到了。嘈杂声有增无减。闹声响亮刺耳，不是低沉的。路灯发红的灯泡亮起来了。

我们从公寓走出来。我依旧戴着那顶有黑饰带的男帽，穿着那双镶金条带的鞋，嘴唇上搽着暗红唇膏，穿着那件绸衫。我变老了。我突然发现我老了。他也看到这一点，他说：你累了。

人行道上，人群杂沓，十分拥挤，人流或急或缓向四面八方涌去，有几股人流推挤出几条通道，就像无家可归的野狗那样肮脏可厌，像乞丐那样盲目又无理性，这里是一群中国人，在当今那繁荣兴旺的景象中我又看到了他们，他们走路的方式从容不迫，在人声嘈杂中，孤身自立，可以说，既不幸福，也不悲戚，更无好奇之心，向前走去又像是没有往前走，没有向前去的意念，不过是不往那边走而从这里过就是了，他们既是单一孤立的，处在人群之中对他们说又从来不是孤立的，他们身在众人之间又永远是孑然自处。

我们走进一家有几层楼的中国饭店，这些中国饭店占有几幢大楼的全部楼面，大得像百货公司，又像军营，面向市面的一面筑有阳台、平台。从这些大楼发出的声音在欧洲简直不可想象，这就是堂倌报菜和厨房呼应的吆喝声。任何人在这种饭店吃饭都无法谈话。在平台上，有中国乐队在奏乐。我们来到最清静的一层楼上，也就是给西方人保留的地方，菜单是一样的，但闹声较轻。这里有风扇，还有厚厚的隔音的帷幔。

我要他告诉我他的父亲是怎么发迹的，怎样阔起来的。他说他讨厌谈钱的事，不过我一定要听，他也愿意把他父亲的财产就他所知讲给我听。事情起于堤岸，给本地人盖房子。他建起住房三百处。有几条街属他所有。他讲法语带有巴黎音稍嫌生硬，讲到钱态度随随便便，态度是真诚的。他父亲卖出原有的房产，在堤岸南部买进土地盖房子。他认为，在沙沥有一些水田已经卖掉了。我问他关于瘟疫的问题。我说我看到许多街道房屋整个从入夜到第二天禁止通行，门窗钉死，因为发现了黑死病。他告诉我这种疾病这里比较少见，这里消灭的老鼠比偏僻地区要多得多。他忽然给我讲起这种住房的故事来了。这种里弄房屋比大楼或独门独户住宅成本要低得多，与独家住户相比，更能满足一般市民居住区居民的需要。这里的居民，特别是穷人家，喜欢聚居，他们来自农村，仍然喜欢生活在户外，到街上去活动。不应当破坏穷苦人的习惯。所以，他的父亲叫人建筑成套的沿街带有骑楼的住房。这样，街道上显得非常敞亮可喜。人们白天在骑楼下生活，天太热，就睡在骑楼下面。我对他说，我也喜欢住在外面走廊里，我说我小的时候、觉得露天睡觉理想极了。突然间，我感到很不好受。只是有点难受，不很厉害。心跳得不对头，就像是移到他给我弄出的新的创口上直跳，就是他，和我说话的这个人，下午求欢取乐的这个人。他说的话我听不进，听不下去了。他看到了，他不说话了。我要他说。他只好说下去。我再次听着。他说他怀念巴黎，想得很多。他认为我和巴黎的女人很不相同，远不是那么乖觉讨喜。我对他说修建房子这笔生意也未必就那么赚钱。他没有再回答我。

在我们交往期间，前后有一年半时间，我们谈话的情形就像这样，我们是从来不谈自己的。自始我们就知道我们两个人共同的未来未可预料，当时我们根本不谈将来，我们的话题就像报纸上的新闻一样，内容相同，推理相逆。

我对他说，他去法国住下来，对他来说是致命的。他同意我的看法。他说他在巴黎什么都可以买到，女人，知识，观念。他比我大十二岁，这让他感到可怕。他说着，我在听，又说什么他是受骗了，还说什么他反正是爱我的，说得很有戏剧味儿，说得既得体又真挚。

我对他说我准备把他介绍给我家里的人，他竟想逃之夭天，我就笑。

他不擅于表达他的感情，只好采取模仿的办法。我发现，要他违抗父命而爱我娶我、把我带走，他没有这个力量。他找不到战胜恐惧去取得爱的力量，因此他总是哭。他的英雄气概，那就是我，他的奴性，那就是他的父亲的金钱。

先时我讲到我两个哥哥的情况，他已经是很害怕了，他那副假面具仿佛给摘掉了。他认为我周围所有的人无不在等待他前去求婚。他知道在我家人的眼里他是没有希望的，他知道对于我一家他只能是更加没有希望，结果只能是连我也失去。

他说他在巴黎是念商科学校，最后他说了真话，他说他什么书也不念，他父亲断了他的生活费，给他寄去一张回程船票，所以他不能不离开法国。召他回家，是他的悲剧。商科学校他没有读完。他说他打算在这里以函授方式学完那里的课程。

和我家人会见是在堤岸请客吃饭开始的。我母亲和哥哥都到西贡来了，我和他说，应该在他们不曾见到过、见识过的中国大饭店请他们吃饭。

几次晚饭请客的经过情况都是一样的。我的两个哥哥大吃大嚼，从不和他说话。他们根本看也不看他。他们不可能看他。他们也不会那样做。如果他们能做到这一点的话，尽力看一看他，那他们在其他方面就可以用功读书了，对于社会生活基本准则他们也就可以俯首就范了。在吃饭的时候，只有我母亲说话，她讲得也很少，起初尤其是这样，她对送上来的菜肴讲上那么几句，对价格昂贵讲一讲，接下去，就缄口不说了。他么，起初两次吃饭，自告奋勇，试图讲讲他在巴黎做的傻事这一类故事，没有成功。似乎他什么也没有说，似乎也没有人听他。沉默之间，几次试图谈话，不幸都没有效果。我的两个哥哥继续大吃大喝，他们那种吃法真是见所未见。

他付账。他算算是多少钱。把钱放在托盘上。所有的人都看着他。第一次，我还记得，付账七十七皮阿斯特。我母亲忍着没有笑出声来。大家站起来就走了。没有人说一声谢谢。我家请客一向不说什么谢谢，问安，告别，寒暄，是从来不说的，什么都不说。

我的两个哥哥根本不和他说话。在他们眼中，他就好像是看不见的，好像他这个人密度不够，他们看不见，看不清，也听不出。这是因为他有求于我，在原则上，我不应该爱他，我和他在一起是为了他的钱，我也不可能爱他，那是不可能的，他或许可能承担我的一切，但这种爱情不会有结果。因为他是一个中国人，不是白人。我的大哥不说话，对我的情人视若无睹，表现出来的态度，是那样自信，真称得上是典范。在我的情人面前，我们也以大哥为榜样，也按照那种态度行事。当着他们的面，我也不和他说话。有我家人在场，我是不应该和他说话的。除非，对了，我代表我的家人向他发出什么信息，比如说，饭后，我的两个哥哥对我说，他们想到泉园去喝酒跳舞，我就转告他：他们想到泉园去喝酒跳舞。起初他假装没有听明白。我么，按照我大哥的规矩，我不应该也不准重复刚才讲过的话，不许重申我的请求，如果我那样做了，就是犯了错误，他有所不满，我就应当承担一切。最后，他还是给了回话。他的声音低低的，意在表示亲密，他说，他想单独和我在一起待一会儿。他这样说，是想让这种活受罪的场面告一段落。我大概没有听懂他的意思，以为又来了一次背叛行为，似乎他借此指摘我的大哥对他的攻击，指出我大哥的那种行为，所以我根本不应该答话。他呢，他还在不停地说着，他竟敢对我说：你看，你的母亲已经很累了。我们的母亲在吃过堤岸这顿神奇的中国菜之后确实昏昏欲睡。我不再说话。这时候，我听到我的大哥的声音，他短短讲了一句话，既尖刻又决断。我母亲却在说他了，说三个人之中，只有他最会讲话。我的大哥话说过之后，正严阵以待。好像一切都停止不动了似的。我看我的情人给吓坏了，就是我的小哥哥常有的那种恐惧。他不再抵抗了。于是大家动身去泉园。我的母亲也去了，她是到泉园去睡一睡的。

他在我大哥面前已不成其为我的情人。他人虽在，但对我来说，他已经不复存在，什么也不是了。他成了烧毁了的废墟。我的意念只有屈从于我的大哥，他把我的情人远远丢在一边了。我每次看他们在一起，那情景我相信我绝对看不下去。我的情人凭他那荏弱的身体是完全被抹杀了，而他这种柔弱却曾经给我带来欢乐。他在我大哥面前简直成了见不得人的耻辱，成了不可外传的耻辱的起因。对我哥哥这种无声的命令我无力抗争。只有在涉及我的小哥哥的时候，我才有可能去对抗。牵涉到我的情人，我是无法和自己对立的。现在讲起这些事，我仿佛又看到那脸上浮现出来的虚伪，眼望别处心不在焉，心里转着别的心思，不过，依然可以看出来，轻轻咬紧牙关，心中恼怒，对这种卑鄙无耻强忍下去，仅仅为了在高价饭店吃一顿，这种情况看来应当是很自然的。围绕着这样的记忆，是那灰青色的不眠之夜。这就像是发出的尖厉鸣响的警钟一样，小孩的尖厉的叫声一样。

在泉园，仍然是谁也不去理睬他。

每个人都叫了一杯马泰尔-佩里埃酒。我的两个哥哥一口喝光，又叫第二杯。我母亲和我，我们把我们的酒拿给他们。两个哥哥很快就喝醉了。他们不仅不和他说话，还不停地骂骂咧咧的。尤其是小哥哥。他抱怨这个地方气闷不快，又没有舞女。不是星期天，泉园来客很少。我和他，我的小哥哥跳舞。我也和我的情人跳了舞。我没有和大哥跳，我从来不和他跳舞。我心里总是又忤又怕，胆战心惊，他这个人行凶作恶不论对谁都做得出，不要去惹他，那是危险的，不能把祸事招引上身。

我们这几个人集合在一起，非常触目，特别是从脸色上看。

这个堤岸的中国人对我说他真想哭，他说，他没有什么对不起他们的。我对他说，不要慌，一向是这样，在我们一家人之间，不论在生活中的什么场合，都是一样，一向是这样。

后来我们又回到公寓，我向他作了解释。我告诉他，我这个哥哥这种粗暴、冷酷、侮慢是因我们而发，冲着我们来的。他第一个动作就是杀人，要你的命，把你这条命抓到手，蔑视你，叫你滚，叫你痛苦。我告诉他不要怕。他，他并没有什么危险。因为这个哥哥只怕一个人，有这人在，很奇怪，他就胆怯，这就是我，他就怕我。

从来不讲什么你好,晚安,拜年。从来不说一声谢谢。从来不说话。从来不感到需要说话。就那么呆在那里,离人远远的,一句话不说。这个家庭就是一块顽石,凝结得又厚又硬,不可接近。我们没有一天不你杀我杀的,天天都在杀人。我们不仅互不通话,而且彼此谁也不看谁。你被看,就不能回看。看,就是一种好奇的行动,表示对什么感到兴趣,在注意什么,只要一看,那就表明你低了头了。被看的人根本就不值得去看。看永远是污辱人的。交谈这个字眼是被禁止的。我认为这个字在这里正表示屈辱和骄横。任何一种共同关系,不论是家庭关系还是别的什么,对于我们这一家人来说,都是可憎的,污蔑性的。我们在一起相处因为在原则上非活过这一生并为之深感耻辱不可。我们共同的历史实质上就是这样的,也就是这个虔诚的人物——这个被社会谋害致死的——我们的母亲的三个孩子的共同历史的内涵。我们正是站在社会一边将我们的母亲推向绝境。正因为人们这样对待我们的母亲,她又是这么好,这么一心信任人,所以我们憎恨生活,也憎恨我们自己。

自从母亲陷入绝境,我们将会变成怎样的人,她也无从预料,这里我主要指那两个男孩,她的那两个儿子。如果她能够预见这一切,对于她的故事竟发展到这般地步,她怎么会闭口不说呢？怎么会听任她的面孔、眼睛、声音在那里谎话连篇？她的爱又将如何？她也可能就死了。自杀吧。把这个无法生活的共同关系打散吧。让大的一个和两个小的孩子彻底分开。她没有这样做。她是很不谨慎的，她真没有道理，真不负责任。她是这样。她活下来了。我们三个孩子都爱着她，还不止是爱。正因为这样，她过去、现在都不能保持沉默，躲躲藏藏，说谎骗人，尽管我们三个人没有共同之处，但是我们爱她，这是相同的。

说来话长。已经七年了。这是在我们十岁的时候开始的。后来，我们十二岁了，十三岁了，十四岁，十五岁。再下去，十六岁，十七岁。

前后整整持续了七年。后来，到了最后，是不抱希望了。希望只好放弃。围海造堤的打算，也只好放弃。在平屋前廊的阴影之下，我们空空张望暹罗山，在阳光照耀下，山脉莽莽苍苍，几乎是暗黑色的。母亲终于平静下来，像是被封闭起来一般。我们作为孩子，是无比英勇的，但毫无希望可言。

我的小哥哥死于1942年12月日本占领时期。我在1931年第二次会考通过后离开西贡。十年之中，他只给我写过一封信。我一直不知道为什么。信写得很得体，誊清过的，没有错字，按书法字体写的。他告诉我他们很好，学业顺利，是一封写得满满的两页长信。我还认得出他小时候写的那种字体。他还告诉我他有一处公寓房子，一辆汽车，他还讲了车子是什么牌子的。他说他又打网球了。他很好，一切都好。他说他抱吻我，因为他爱我，深深地爱我。他没有谈到战争，也没有提到我们的大哥。

我经常讲到我这两个哥哥。总是把他们合在一起谈，因为我们的母亲是把他们合在一起讲的。我说我的两个哥哥，她在外面也是这样说的，她说：我的两个儿子。她总是以一种伤人的口气讲她两个儿子如何强悍有力。在外面她不讲详情，她不说大儿子比二儿子更加强有力，她说他同她自己的兄弟、北方地区乡下人一样强壮有力。她对她两个儿子那种强有力很是自豪，就像从前为她自己的兄弟强有力感到自豪一样。她和她的大儿子一样，看不起软弱的人。她说起我的堤岸的那个情人，和我哥哥说的如出一辙。她讲的那些字眼我不便写出来。她用的字眼有一个特点：类似沙漠上发现的腐尸那种意思。我说：我的两个哥哥，因为我就是这么说的。后来我不这么说了，因为小哥哥已经长大，而且成了受难牺牲者。

在我们家里，不但从来不庆祝什么节日，没有圣诞树、绣花手帕、鲜花之类，而且也根本没有死去的人，没有坟墓，没有忆念。只有母亲有。哥哥始终是一个杀人凶手。小哥哥就死在这个哥哥手下。反正我是走了，我脱身走了。到小哥哥死后，母亲就属于大哥一人所独有了。

在那个时期，由于堤岸的事，由于那种景象，由于那个情人，我的母亲突然发了一次疯病。堤岸之事，她本来一无所知。但是我发现她在冷眼观察，在注意着我，她怀疑发生了什么事情。她对她的女儿、她的这个孩子是十分了解的，但一个时期以来，在这个孩子周围出现了某种异常气氛，不妨说，特别是最近，有什么瞒着未说，有某种保留，很引人注意，她说话吞吞吐吐，比惯常讲话口气慢得多，本来她对不论什么事都很好奇，现在变得心不在焉，她的眼神也有变化，甚至对她的母亲、她母亲的不幸也采取袖手旁观态度，变成这样一副样子，不妨说发生在她身上的事，她的母亲也被牵连进去了。在她母亲的生活中，一种恐怖感突然出现。她的女儿遭到极大的危险，将要嫁不出去，不能为社会所容，从社会上被剥夺一切，毁了，完了，将成为孤苦伶仃一个人。我母亲几次发病，病一发作，就一头扑到我身上，把我死死抓住，关到房里，拳打，搧耳光，把我的衣服剥光，俯在我身上又是闻又是嗅，嗅我的内衣，说闻到中国男人的香水气味，进一步还查看内衣上有没有可疑的污迹，她尖声号叫，叫得全城都可以听到，说她的女儿是一个婊子，她要把她赶出去，要看着她死，没有人肯娶她，丧尽廉耻，比一条母狗还不如。她哭叫着，说要把她赶出家门，不许她把许多地方都搞得污秽恶臭，她说，不把她赶走那又怎么行。

我那个哥哥，就站在房门紧闭的房间的墙外。

那个哥哥在房门外边应着母亲，说打得好，打得在理，他说话的声音低沉、温和、亲切，他对母亲说，真相一定要查明，不管付出什么代价，他们非把事情弄个水落石出不可，目的是不要让这小女儿从此毁灭，不要让母亲从此走向绝境。母亲在房间里还是狠命地打。小哥哥大声喊叫，叫母亲不要打了，放开她。他逃到花园里，躲起来，他怕我被杀死，他对这个未可知的人，对我们的哥哥，一向都怕。小哥哥的恐惧使我母亲平息下来。她哭着，哭她一生多灾多难，哭她这个女儿丢人现世。我也和她一起大哭。我说谎了。我发誓说没有事，我什么也没有做，甚至没有接过吻。我说，和一个中国人，你看我怎么能，怎么会和一个中国人干那种事，那么丑，那么孱弱的一个中国人？我知道大哥紧贴在门上，正在侧耳细听，他知道我母亲在干什么，他知道他的妹妹全被剥光，他知道她在挨打，他希望再打下去，直到把她打死。我母亲当然不知我大哥的诡计，黑心的可怕的阴谋。

我们那时都还小。我的两个哥哥经常无缘无故打架，大哥只有一个已成了经典式的借口，他说弟弟你真讨厌，滚出去。话没有说完，就已经动手打了。他们互相扭打，什么话也不说，只听到他们气喘吁吁，口里喊痛，一声声的沉重的拳打脚踢。不论在什么场合、什么时机，我的母亲反正都是这场闹翻天的大戏里面的一个陪衬人物。

两个兄弟天性阴鸷易怒，发起火来，如同恶魔，杀人不眨眼，这种性格只有在这一类兄弟、姐妹、母亲身上可以看到。这个大哥不仅在家里，而且在任何地方，都要逞凶作恶，不能随心所欲、为所欲为就过不去。这个弟弟苦就苦在没有能力参与他哥哥这种可怖的行为，这种计谋。

他们打起来显然双方都一样怕死；母亲说，他们打到最后，总是两败俱伤，他们从来就玩不到一起，也谈不到一起。他们只有一点相同，就是他们都有一个母亲，特别是有这样一个妹妹，此外什么也没有了，除非是流在血管里的血。

我相信，我的母亲只把她那个唯一的大儿子叫作我的孩子。她通常就是这样叫的。另外两个孩子，她说：两个小的。

所有这一切，我们在外面是绝口不谈的，首先是我家生活的根本问题——贫穷，我们必须学会三缄其口。其他方面，也决不外露。最最知心的人——这话可能说得言过其实，是我们的情人，我们在别的地方遇到的人，首先在西贡街上遇到的，其次在邮船、火车上，以及其他任何地方遇到的人。

那天，在午后将尽的时候，我的母亲竟突然心血来潮，特别又是在旱季，她叫大家把房子里面上上下下彻底冲洗一次，她说，洗洗干净，消消毒，清凉清凉。房子原是建筑在高高的土台上的，因为和花园隔开，所以蛇蝎红蚁阻在外面进不来，湄公河洪水泛滥浸不到它，季风时节陆地龙卷风引来的雨水也侵犯不到这里。房屋高出平地，可以用大桶大桶的清水冲洗，把它全浸在水里像花园那样，让它洗一洗也行。椅子全部放在桌上，整幢房子冲得水淋淋的，小客厅里的钢琴的脚也浸在水里。水从台阶上往下流，流满庭院，一直流到厨房。小孩是高兴极了，大家和小孩一起，溅满一身水，用大块肥皂擦洗地面。大家都打赤脚，母亲也一样。母亲笑着。母亲没有不满的话好说了。整个房屋散发出香气，带有暴风雨过后潮湿土地那种好闻的香味，这香味闻起来让人觉得神飞意扬，特别是和别的气味混合在一起，肥皂的香气，纯洁、良善的气息，洗干净的衣物的气息，洁白的气息，我们的母亲的气息，我们母亲那种无限天真的气息——混上这样一些气息，更叫人欣喜欲狂。水一直流到小路上去。小孩的家里人来了，来看的孩子也跑过来了，邻近房子里的白人小孩也来了。我母亲对这乱纷纷的场面很开心很愉快，这位母亲有时是非常高兴非常喜悦的，在什么都忘却的时候，在冲洗房屋这样的时刻，可能与母亲所期求的幸福欢悦最为协调。母亲走进客厅，在钢琴前面坐下来，弹奏她未曾忘却的仅有的几支乐曲，她在师范学校学会记在心里的乐曲。她也唱。有时，她又是奏琴，又是笑。她还站起身来边歌边舞。任何人都会想，她也会想：这不成形的房屋，突然变成了一个水池，河边的田地，浅滩，河岸，在这样的人家里，也能够感受到幸福。

最先是那两个孩子，小姑娘和那个小哥哥，是他们最先回想起这些事的。因此他们的笑容转眼就不见了，他们退避到花园里去，这时在花园中黄昏已经降临了。

在我动笔写这件事的时候，我记得，用水冲洗房子的那天，我们的大哥不在永隆。那时他住在我们的监护人、洛特-加龙省[1]一个村子里的神甫家里。

1　法国西南地区的省份。

他有时也是会笑的,不过,不如我们笑得那么欢快。我什么都记不得了,忘了,我竟忘记提上一笔,当时我们是多么爱笑的孩子,我的小哥哥和我,我们一笑就笑得气也喘不过来,这就是生活。

战争我亲眼看见过,那色调和我童年的色调是一样的。我把战时同我大哥的统治混淆不清。这无疑因为我的小哥哥死于战时:是人的心坚持不住,退让了,像我说过的那样。我相信在战时我一直不曾见到那个大哥。他是死是活,知与不知,对我来说已经无关紧要。我看战争,就像他那个人,到处扩张、渗透、掠夺、囚禁,无所不在,混杂在一切之中、浸入肉体、思想、不眠之夜、睡眠,每时每刻,都在疯狂地渴求侵占孩子的身体、弱者、被征服的人民的身躯——占领这最可爱的领地,就因为那里有恶的统治,它就在门前,在威胁着生命。

我们又到公寓去了。我们是情人。我们不能停止不爱。
有时,我不回寄宿学校。我在他那里过夜,睡在他的身边。我不愿意睡在他的怀抱里,我不愿意睡在他的温暖之中。但是我和他睡在同一个房间、同一张床上。有时,我也不去上课。晚上我们到城里去吃饭。他给我洗澡,冲浴,给我擦身，给我冲水，他又是爱又是赞叹，他给我施脂敷粉，他给我穿衣，他爱我，赞美我。我是他一生中最最宠爱的。我如遇到别的男人，他就怕，这样的事我不怕，从来不怕。他还另有所惧，他怕的不是因为我是白人，他怕的是我这样年幼，事情一旦败露，他会因此获罪，被关进监牢。他要我瞒住我的母亲，继续说谎，尤其不能让我大哥知道，不论对谁，都不许讲。我不说真话，继续说谎，隐瞒下去。我笑他胆小怕事。我对他说，母亲穷都穷死了，不会上诉公庭，事实上，她多次诉讼多次败诉，她要控告地籍管理人，控告董事会董事，控告殖民政府官员，她要控告法律，她束手无策，不知如何是好，只有隐忍等待，空等下去，她没有办法，只有哭叫，最后，时机错过，一场空。即使这件事上诉公庭，同样也不会有着落，用不着害怕。

　　玛丽-克洛德·卡彭特。她是美国人，我相信我记得不错，她是从波士顿来的。她的眼睛灰蓝，清澈明亮。那是在1943年。玛丽-克洛德·卡彭特，满额金发，又有点憔悴。仍然很美，我认为她很美。她有一个特点，总是仓促一笑，笑容一闪就不见了。她说话的声音，我忽然想起，是低音的，发高音时，有些不谐调。她已经四十五岁，年纪不小，就是这个年纪。她家在阿尔玛桥附近，在十六区。大楼面临塞纳河,公寓就在大楼的最高一层,楼面宽敞。冬天,大家常到她家去吃晚饭。夏天,常常到她那里去吃午饭。饭菜是从巴黎最好的饭店老板那里定的。饭菜很不错,不过,不很够吃。只有在她家里才能见到她,她总是守在家里,在外面见不到她。在她的饭桌上,有时有一位马拉美派诗人。在她家常常有三两位文学家来吃饭,他们露面一次,以后再也不见踪影。不知她是从哪里找到他们、怎么认识他们的,又为什么请他们到家里来,弄不清楚。我从来不曾听到有人谈起他们,也没有读过或听人谈起他们的作品。饭局匆匆,时间不长。听大家谈话,战争谈得很多,主要是讲斯大林格勒,那是在 1942 年冬末。玛丽-克洛德·卡彭特这类事听到的不少,她打听到的这类消息也很多,可是她谈得很少,她常常为竟然不知这些事而感到惊异,她笑着。饭一吃好,她就告退,说有事要办,必须先走,她说。什么事,从来不讲。如果人相当多,在她走后大家就留一两个小时。她对我们说:愿意留多久就请留多久,多坐一会儿。她走后,也没有谁谈起她。其实我也知道,谈也无从谈起,因为谁都不了解她。大家走后,回到自己的住处,都有这样一种异样的心情,仿佛做了一个噩梦,同不相识的人厮混了几个小时,明知大家彼此一样,素昧平生,互不相知,就那么空空度过一段时间而毫无着落,既没有什么属于人的动机,也没有别的因由。就像是在第三国国境线上过境、乘火车旅行、在医生的候诊室里、在旅馆、在飞机场坐等，就像这样。在夏天，往往在可以远眺塞纳河的大平台上吃午饭，在大楼屋顶花园上喝咖啡。那里还有一个游泳池。没有人在那里游泳。大家就在那里眺望巴黎。空寂的大马路，河流，街道。在寂无行人的街上，梓树正在开花。玛丽-克洛德·卡彭特，我总是看她，几乎时时都看她，这样看她，她觉得很别扭，可是我禁不住还是要看。我看她，为要知道玛丽-克洛德·卡彭特，知道她是谁。为什么她在这里，而不是在别处，为什么她千里迢迢从波士顿来，为什么很有钱，为什么我们对她这样不了解，什么都不了解，没有一个人了解，为什么她经常请客，不请又好像不行似的，为什么，为什么在她的眼里，在她眼目深邃的内部，在她目光的深处，有一个死亡的质点，为什么，为什么？玛丽-克洛德·卡彭特。为什么她穿的衣衫件件都有我不知道是什么不可捉摸的东西，所有那些衣衫竟又不尽是她自穿的衣衫，仿佛那衣衫同样又可以穿在他人身上，为什么。这些衣衫无所属，没有特征，端庄合乎法度，色调鲜亮，白得像隆冬季节的盛夏。

贝蒂·费尔南代斯。对男人的回忆不会像对女人的回忆那样，在恍然若有所悟的光彩中显现，两种回忆不相像。贝蒂·费尔南代斯。她也是一个外国人。只要提起名字,她立刻就浮现在眼前,在巴黎一条街上,她正在巴黎的一条街上走过,她眼睛近视,她看不清,为了看清她要看到的对象她得两眼眯起来看,这时,她才微微举手向你致意。你好你好,你身体好吗?至今她不在人世已经很久了。也许有三十年了。那种美雅,我依然记得,现在要我忘记看来是太晚了,那种完美依然还在,丝毫无损,理想人物的完美是什么也不能损害的,环境,时代,严寒,饥饿,德国的败北,克里米亚真相——都无损于她的美。所有这些历史事件尽管是那么可怕,而她却超越于历史之上,永远在那条街上匆匆走过。那一对眼睛也是清澈明亮的。身上穿着浅红色旧衣衫,在街上的阳光下,还戴着那顶沾有灰尘的黑色遮阳软帽。她身材修长,高高的,像中国水墨勾画出来的,一幅版画。这个外国女人目无所视地在街上踽踽而行,路人为之驻足,为之注目,赞叹她的美雅。就像是女王一样。人们不知她来自何方。所以说她只能是从异域而来,来自外国。她美,美即出于这种偶然。她身上穿的衣装都是欧洲老式样的服饰,以及织锦缎的旧衣,成了老古董的套头连衣裙,旧幔子做的衣服,旧衬裙,旧衣片儿,成了破衣烂衫的旧时高级时装,蛀满破洞的旧狐皮,陈年古旧的水獭皮,她的美就是这样,破破烂烂、瑟瑟发抖、凄凄切切的,而且流落异乡、飘零不定，什么都不合体，不相称，不论什么对她都嫌太大，但是很美，她是那样飘逸，那样纤弱，无枝可依，但是很美。自头顶至身躯，她生成就是这样，无论是什么只要和她一接触，就永远成为这种美的组成部分。

贝蒂·费尔南代斯，她也接待朋友，她有她的一个接待"日"。人们有时也到她那里去。有一次，客人中有德里厄·拉罗歇尔[1]。此人显然由于自傲，总感到痛苦不安，为免于随俗说话很少，说起话来声调拖长，说的话很像别别扭扭的翻译文字。客人中也许还有布拉吉阿克[2]，很遗憾，我记不真切，想不起来了。萨特未见来过。其中还有蒙帕纳斯的几位诗人，他们的名字我忘记了，全忘了。没有德国人。大家不谈政治。只谈文学。拉蒙·费尔南代斯[3]谈巴尔扎克。人们通宵听他谈巴尔扎克。听他谈话，其中有着一种早已为人所遗忘的知识，但是他的学问可说完全是无从验证的。他提供的资料不多，宁可说他讲了许多看法。他讲巴尔扎克，好像他自己是巴尔扎克一样，仿佛他自己就曾经是如此这般，他也试图能成为巴尔扎克。拉蒙·费尔南代斯处世为人谦恭有礼，已进入化境，他在知识学问上也是如此，他

---

[1] 德里厄·拉罗歇尔（1893—1945），法国作家，第二次世界大战期间与法西斯德国有瓜葛。

[2] 罗贝尔·布拉吉阿克，法国作家，1909年生，因鼓吹法西斯主义于1945年被处决。

[3] 拉蒙·费尔南代斯，法国文学理论家，以研究巴尔扎克著称。

运用知识的方式既是本质性的又是清澈见底的，从不让你感到勉强，有什么重负。这是一个真诚的人。在街上，在咖啡馆与他相遇，那简直像是盛大的节日一样，他见到你万分高兴，这是真的，他满心欢喜地向你嘘寒问暖。一向可好，怎么样？这一切就在一笑之间，完全是英国式的，连加一个逗点也来不及，在这一笑之间，说笑竟变成了战争，就像是痛苦必起于战争，所以，抵抗运动对于投敌合作，饥馑对于严寒，烈士殉难对于卑鄙无耻，都是事出有因的。贝蒂·费尔南代斯，她仅仅是谈到一些人，谈她在街上见到的和她认识的人，讲他们的情况，讲橱窗里还有待出售的东西，讲到额外配给的牛奶、鱼，讲到有关匮乏、寒冷、无止境的饥饿的令人安心的解决办法，生存下去的那些具体细节她始终不忽视，她坚持着，心里永远怀着殷切的友谊，非常忠诚又非常剀切的情谊。有多少通敌合作的人，就会引出多少费尔南代斯。还有我，我在战后第二年参加了法共。这种对应关系是绝对的，确定不移的。一样的怜悯，同样的声援救助，同样是判断上的软弱无力，同样的执著，不妨说，执著于相信个人问题可以从政治得到解决。她也是这样，贝蒂·费尔南代斯，她痴痴看着德国占领下阒无人迹的街道，她注意着巴黎，注视着广场上正在开花的梓树，就像另一个女人玛丽-克洛德·卡彭特。她也有她接待友人的接待日。

他开出黑色利穆新小轿车送她回寄宿学校。在校门前面不远的地方，他把车停下来，以免被人看到。那是在夜里。她下了车，她头也不回地跑了。走进大门，她看到大操场上灯火没有熄灭。她走出过道，立即看见她，她正在等她，已经等得焦急，直直站在那里，脸上板板的，绝无笑意。她问她到什么地方去了？她说：没有回来睡。她没有说为什么，海伦·拉戈奈尔也没有多问。她摘去那顶浅红色的呢帽，解开夜里束起来的发辫。你也没有到学校去。是没有去。海伦说他们打电话来了，这样，她才知道发生了这件事，她说，她应该去见总学监。在操场的暗处还有许多女生在那里。她们都穿着白色的衣服。在树下挂着一些大灯。有些教室还灯火通明。有些学生还在念书，有些学生在教室里闲谈，或者玩纸牌，或者唱歌。作息时间表上学生睡觉的时间没有规定，白天天气那么热，允许夜晚自由活动时间延长，延长多少全凭年轻的学监高兴。我们是这个公立寄宿学校仅有的白人。混血种学生很多，她们大多是被父亲遗弃的，作父亲的大多是士兵或水手，或海关、邮局、公务局的下级职员。大多是公共救济机关遣送到这里来的。其中还有几个四分之一混血儿[1]。海伦·拉戈奈尔认为法国政府要把她们培养成为医院的护士或孤儿院、

---

[1] 4分之3属白人血统，4分之1为非白人血统。

麻风病院、精神病院的监护人员。海伦·拉戈奈尔相信还要把她们派到霍乱和鼠疫检疫站去。因为海伦·拉戈奈尔这样相信,所以她总是哭哭啼啼,所有这些工作她都不愿意去做,她不停地讲她要从寄宿学校逃出去。

我到舍监办公室去见舍监,她是一位年轻的混血种女人,她平时也是十分注意海伦和我的。她说:你没有到学校去,昨天夜里你没有回来睡,我们不得不通知你的母亲。我对她说我昨天没有能赶回来,但是以后我每天晚上一定赶回宿舍睡觉,可以不必通知我的母亲。年轻的舍监看着我,对我笑笑。

后来我又没有回寄宿学校。又通知了我的母亲。她跑来见寄宿学校校长,她要求校长同意让我晚间自由行动,不要规定我的返校时间,也不要强迫我星期天同寄宿生集合出外散步。她说:这个小姑娘一向自由惯了,不是这样,她就会逃走,就是我,作为她的母亲,也拗不过她,我要留住她,那就得放她自由。校长接受了这种意见,因为我是白人,而且为寄宿学校声誉着想,在混血人之中必须有几个白人才好。我母亲还说,我在学校学习很好,就因为听任我自由自主,她说她的儿子的情形简直严重极了,可怕极了,所以小女儿的学习是她唯一的希望之所在。

校长让我住在寄宿学校就像住在旅馆里一样。

没有多久，我手上戴起了钻石订婚指环。以后女舍监不再对我多加注意了。人们猜想我并没有订婚，但是钻石指环很贵重，谁也不怀疑那是真的，因为把这么值钱的钻石指环给了这样一个小姑娘，所以，那件事也就没有人再提起了。

我回到海伦·拉戈奈尔身边。她躺在一条长凳上，她在哭，因为她认为我将要离开寄宿学校，快要走了。我也坐到那条长凳上。海伦·拉戈奈尔在长凳上紧靠着我躺着，她身体的美使我觉得酥软无力。这身体庄严华美，在衣衫下不受约束，可以信手取得。我从来没有见过这样的乳房。我从来没有接触过。海伦·拉戈奈尔，她对什么都不在意，她在寝室里裸露身体来来去去全不放在心上，海伦·拉戈奈尔是不知羞的。万物之中上帝拿出来最美的东西，就是海伦·拉戈奈尔的身体，上体附有双乳仿佛分离在体外，它们的姿形意态与身材高度既相对应又调和一致，这种平衡是不可比拟的。胸前双乳外部浑圆，这种流向手掌的外形奇异极了，没有比它更神奇的了。即使是我的小苦力小哥哥的身体也要相形见绌。男人身体的形状可怜，内向。但是男人身体的形状不会像海伦·拉戈奈尔身体那样不能持久，计算一下，它只要一个夏天就会消损毁去。海伦·拉戈奈尔，她是在大叻高原地区[1]长大的。她的父亲是邮政局的职员。前不久她正在学年中间插进来来到学校。她很胆怯，总是躲在一边，默默地坐在那里，常常一个人啜泣。她有山区长大的人那种红润中带棕色的肤色，这里的孩子因为气候炎热和贫血，皮肤苍白发青，她在其中很不相同，一眼就可以辨认出来。海伦·拉戈奈尔没有到中学读书。她也不明白为什么要到学校去读书，海伦·拉戈奈尔。她不学习，学不下去，读不进。她到寄宿学校初级班进进出出，没有得到什么益处。她依偎着我，在哭，我摩着她的头发，她的手，我对她说我不走，我留下，留在寄宿学校，和她在一起。她不知道，海伦·拉戈奈尔，她不知道她很美。她父母不知让她怎样才好，他们只想尽快把她嫁出去。海伦·拉戈奈尔，她觉得任何人做她的未婚夫都可以，她只是不想要他们，她不愿意结婚，她想和她母亲一起回家。她。海伦·拉，海伦·拉戈奈尔。后来，到了最后，她按照她母亲的意愿去做了。她比我美，比那个戴着小丑戴的那种帽子、穿镶金条带高跟鞋、非常适合结婚的人要美得多；和海伦·拉戈奈尔相比，我更适宜于嫁人；不过，也可以把她嫁出去，

---

[1] 大叻，在印度支那中部偏南地区。

安排在夫妻关系中，让她生活下去，那只会使她不安害怕，可以向她解释，她怕的是什么；但她不会理解，只有迫使她去做，走着看，也只能是这样。

海伦·拉戈奈尔，我已经懂得的事，可她，她还不知道。她，她毕竟才十七岁。这大概是我的猜测：我现在已经知道的事，以后她永远不会明白。

海伦·拉戈奈尔身体略为滞重，还在无邪的年纪，她的皮肤就柔腴得如同某类果实表皮那样，几乎是看不见的，若有若无，这样说也是说得过分了。海伦·拉戈奈尔叫人恨不得一口吞掉，她让你做一场好梦，梦见她亲手把自己杀死。她有粉团一样的形态竟不自知，她呈现出这一切，就为的是在不注意、不知道、不明白它们神奇威力的情况下让手去揉捏团搓，让嘴去啮咬吞食。海伦·拉戈奈尔的乳房我真想嚼食吞吃下去，就像在中国城区公寓房间里我的双乳被吞食一样。在那个房间里，每天夜晚，我都去加深对上帝的认识。这一对可吞吃的粉琢似的乳房，就是她的乳房。

我因为对海伦·拉戈奈尔的欲望感到衰竭无力。
我因为欲望燃烧无力自持。

我真想把海伦·拉戈奈尔也带在一起,每天夜晚和我一起到那个地方去,到我每天夜晚双目闭起享受那让人叫出声来的狂欢极乐的那个地方去。我想把海伦·拉戈奈尔带给那个男人,让他对我之所为也施之于她身。就在我面前那样去做,让她按我的欲望行事,我怎样委身她也怎样委身。这样,极乐境界迂回通过海伦·拉戈奈尔的身体、穿过她的身体,从她那里再达到我身上,这才是决定性的。

为此可以瞑目死去。

我看她所依存的肉身和堤岸那个男人的肉体是同一的,不过她显现在光芒四射、纯洁无罪的现时之下,借着每一个动作,每一滴泪,她每一次失误,她的每一种无知,显现在不断重复的展放——像花那样的怒放之中。海伦·拉戈奈尔,她是那个痛苦的男人的女人,那个男人使我获得的欢乐是那么抽象,那么艰难痛苦,堤岸的那个无名的男人,那个来自中国的男人。海伦·拉戈奈尔是属于中国的。

我没有忘记海伦·拉戈奈尔。我没有忘记那个痛苦的男人。自从我走后,自从我离开他以后,整整两年我没有接触任何男人。这神秘的忠贞应该只有我知道。

至今我仍然归属于这个家族,任何别的地方我都不能去，我只能住在那里，只能生活在那样的家庭里。它的冷酷无情、可怕的困苦、恶意狠毒，只有这样才能在内心深处取得自信，从更深的深度上感受到我的本质的确定性。这些我以后还要写到。

就是那个地方，后来，有一次，当我回忆起往事，我已经离开了的地方又出现在眼前，而不是任何别的地方。我在堤岸公寓里度过的时间使那个地方永远清晰可见，永远焕然一新。那是一个令人窒息的地方，接近死亡的地方，是暴力、痛苦、绝望和可耻的地方。那就是堤岸的那个地方。它在河的彼岸。只要渡过河去，就到了那个地方。

海伦·拉戈奈尔后来怎样，是不是已经死去，我不知道。她是先离开寄宿学校的，在我动身回法国之前她就走了。她回大叻去了。是她的母亲要她回大叻去的。我相信我记得那是为了回去结婚，大概她遇到一个刚刚从京城来的人。也许是我搞错了，也许我把海伦·拉戈奈尔的母亲非要她回去不可与她后来发生的事混在一起也说不定。

让我再给你说说这是怎么一回事，看看这究竟是怎样的。是这样：他偷了仆役的钱，去抽鸦片烟。他还偷我们母亲的东西。他把衣橱大柜翻了个遍。他偷。他赌。我父亲死前在双海地方[1]买了一处房产。这是我们唯一的财产。他赌输了。母亲把房产卖掉还债。事情到此并没有完，是永远不会完的。他年纪轻轻居然试图把我也卖给出入圆顶咖啡馆的那些客户。我母亲所以活下来就是为了他，为了他吃饱，睡暖，能够听到有人叫他的名字。她为他买下昂布瓦斯[2]的地产，是十年省吃俭用的代价。仅仅一夜，就被抵押出去了。她还付了息金。还有我已经给你说过的树林伐下卖掉的收入。仅仅一夜，就把我那快要咽气的母亲偷得精光。他就是那么一个人，贼眉鼠眼，嗅觉灵敏，翻橱撬柜，什么也不放过，一叠叠被单放在那里，他也能找到，藏东西的小角落，也被发现被翻过。他还偷亲戚的东西，偷得很多，珠宝首饰，食物，都偷。他偷阿杜，偷仆役的，偷我的小哥哥。偷我，偷得多了。甚至他的母亲，他也会拉出去卖掉。母亲临终的时候，就在悲恸的情绪下，他居然立刻把公证人叫来。他很会利用亲人亡故情感悲恸这一条。公证人说遗嘱不具备法律效力。因为母亲遗嘱里用牺牲我的办法把好处都转给她的大儿子了。差别太大太明显了，叫人觉得好笑。本来我应该查明底细才好说接受或不接受，但是，我保证说，我接

---

[1] 双海（一译昂特尔德梅尔），在法国加龙河与多尔多涅河交汇地带，属波尔多地区。
[2] 在今安德尔-卢瓦尔省，以森林著称。

受：我签了字。我接受了。我的哥哥，眼睛也不敢抬一抬，只说了一声谢谢。他也哭了。在丧母悲恸的情感下，他倒是诚实的。巴黎解放[1]的时候，他在南方与德寇合作的罪行显然受到追究，他走投无路，来到我家。我本来对那些事不大清楚，他遇到危险在逃，说不定他出卖过许多人，犹太人，他做得出。他倒变得十分和气了，他杀人以后，或是要你为他效力，他就变得多么亲热似的，一向如此。我丈夫被押解出境[2]，没有回来。他表示同情。他在我家留了三天。我忘了，我出门，在家我是什么都不关闭的。他翻箱倒柜。我为丈夫回来凭配给证买来存着的糖和大米被他翻到，一扫而光。他翻到我房间里一个小橱。居然让他找到了。他把我全部积蓄五万法郎席卷而去。一张钞票也不留。他带着偷到手的东西离开公寓。后来我见到他，这种事我没有向他提起，对他那是太可耻了，我做不出。根据那份伪造的遗嘱，那处误传属于路易十四的古堡，也给卖掉了，卖得一文不值。这笔买卖暗中有鬼，和遗嘱的情况完全一样。

母亲死后，他成了孤家寡人。他没有朋友，他以前也没有朋友，有时有过几个女人，他让她们到蒙帕纳斯去"干活儿"，有时他也有不干活儿的女人，他不让她们去干

---

1 指第二次世界大战巴黎解放。

2 指德国占领法国期间将人押解出境，或派去做苦工，或关进集中营。

活儿，至少起初是这样，有时，有些男人，他们为他付账。他生活在彻底的孤独状态下。这孤独随着人渐渐老去更加孤苦无告，日甚一日。他本来是一个流氓，所求不多。在他四周，看起来他很可怕，不过就是这样。对我们来说，他的真正统治已告结束。他还算不上匪徒，他是家中的流氓，撬柜的窃贼，一个不拿凶器杀人的杀人犯。他也不敢触犯刑律。那类流氓坏蛋也就是他这副腔调，十分孤立，并不强大，在恐慌中讨生活。他内心是害怕的。母亲死后，他过着离奇的生活。那是在图尔[1]。他认识的人无非是咖啡馆了解赛马"内幕消息"的茶房和在咖啡馆后厅赌扑克的酒客这些人。他开始变得很像他们，酒喝得很多，撇着嘴，两眼充血。在图尔，他一无所有。两处财产早已出清，什么都没有了。他在我母亲给他租的一间贮藏室里住了一年。睡沙发睡了一年。住进来，人家是同意的。住了一年。一年以后，他被赶出门外。

这一年他大概想把典出的产业赎回来。他还是赌，把母亲存放在贮藏室里的家具一件件赌尽卖光，先是青铜佛像、铜器，然后是床，再是衣橱，再是被单之类。终于到了山穷水尽的地步，什么也没有了，除开他身上穿的一套衣服以外什么也没有了，连被单、盖被也没有了。就剩下他孤零零一

---

[1] 在法国中部偏西的安德尔－卢瓦尔省。

个人。一年过去，没有人再放他进门。他给巴黎一个堂兄弟写信。他总算在马尔泽尔布有了一间下房栖身。所以，他年过五十，总算第一次有了一个职业，有生以来第一次拿工资过活，成了一家海运保险公司的信差。我想，这个差事，他干了有十五年。后来他进了医院。他没有死在医院里。他是死在他的住房里的。

我的母亲从来不提她这个儿子。她从来也不抱怨。她决不向任何人讲到这个撬开橱柜偷东西的贼。对这种母爱来说，那就仿佛犯有某种轻罪一样。她把它掩盖起来不外露。不像她那样了解她儿子的人，当然认为她不可理解、不通人情，而她也只能在上帝面前、只有在上帝面前了解她的儿子。关于他，她常常讲一些无关痛痒的琐事，讲起来也是老一套，说什么如果他愿意，他肯定是三个孩子中最聪明的一个。最有"艺术气质"。最精明。还有，他是最爱他母亲的。他，肯定他也是最理解她的。她常常说：我简直不明白，一个小孩竟是这样，有这样的直觉，有这么深的情感，简直不可思议。

我们后来还见过一面，他也曾告诉我我的小哥哥是怎么死的。他说：死得太可怕了，我们这个兄弟，糟极了，我们的小保罗。

我们作为手足之亲还留有这样一个印象，就是有一次，在沙沥的餐厅一起吃饭。我们三个人在餐厅吃饭。他们一个十七岁，一个十八岁。我的母亲没有和我们在一起。大哥看着我们，看着他的弟弟和我吃饭，后来，他把手中叉子放下不吃了，只是盯着弟弟看。他那样看他看了很久，然后突然对他说，口气平静，说出的话是可怕的。说的是关于食物的事。他对他说：他应当多加小心，不该吃那么多。弟弟没有答话。他继续说下去。他叮嘱说，那几块大块的肉应当是他吃的，他不应该忘记。他说，不许吃。我问：为什么是你吃？他说：就因为这样。我说：你真是该死。我吃不下去了。小哥哥也不吃了。他在等着，看弟弟敢说什么，只要说出一个字，他攥起的拳头已经准备伸过桌子照着弟弟的脸打它个稀烂。小哥哥不作声。他一脸煞白。睫毛间已是汪汪泪水。

他死的时候，是一个阴惨惨的日子。我记得是春天，四月。有人给我打来电话。别的什么也没有说，只是告诉我，发现他的时候，已经死了，倒在他的房间的地上。他死在他的故事结局之前。在他还活着的时候事情已成定局，他死得未免太迟了，小哥哥一死，一切也就完了。克制的说法是：

一切都已耗尽了。

她曾经要求把他和她葬在一起。我不知道那是在什么地方，在哪一个墓地，我只知道是在卢瓦尔省。他们两人早已长眠墓中。他们两人，只有他们两个人。不错，是这样。这一形象有着一种令人难以承受的庄严悲壮。

黄昏在一年之中都是在同一时刻降临。黄昏持续的时间十分短暂，几乎是不容情的。在雨季，几个星期看不到蓝天，天空浓雾弥漫，甚至月光也难以透过。相反，在旱季，天空裸露在外，一览无遗，真是十分露骨。就是没有月光的夜晚，天空也是明亮的。于是各种阴影仿佛都被描画在地上、水上、路上、墙上。

白昼的景象我已记不清了。日光使各种色彩变得暗淡朦胧，五颜六色被捣得粉碎。夜晚，有一些夜晚，我还记得，没有忘记。那种蓝色比天穹还要深邃邈远，蓝色被掩在一切厚度后面，笼罩在世界的深处。我看天空，那就是从蓝色中横向穿射出来的一条纯一的光带，一种超出色彩之外的冷冷的熔化状态。有几次，在永隆，我母亲感到愁闷，叫人套上两轮轻便马车，乘车到郊外去观赏旱季之夜。我有幸遇到这样的机会，看到这样的夜色，还有这样一位母亲。光从天上飞流而下，化作透明的瀑布，沉潜于无声与静止之墓。空气是蓝的，可以掬于手指间。蓝。天空就是这种光的亮度持续的闪耀。夜照耀着一切，照亮了大河两岸的原野一直到一望无际的尽头。每一夜都是独特的，每一夜都可以叫作夜的延绵的时间。夜的声音就是乡野犬吠发出的声音。犬向着不可知的神秘长吠。它们从一个个村庄此呼彼应，这样的呼应一直持续到夜的空间与时间从整体上消失。

在庭院的小径上，番荔枝树阴影像黑墨水勾画出来的。花园静止不动，像云石那样凝固。屋宇也是这样，是纪念性建筑物式的，丧葬式的。还有我的小哥哥，他在我的身边走着，他注目望着那向着荒凉的大路敞开的大门。

有一次，他没有来，没有到学校门前来接我。只有司机一个人坐在黑色的汽车里。司机告诉我少主人的父亲病了，少主人到沙沥去了。司机，他受命留在西贡，送我去学校，接我回宿舍。少主人要过几天才回来。后来，他回来了，他坐到黑色的汽车的后座上来了，脸侧向一边，怕看别人的眼睛，他一直是仓皇不安的，他害怕。我们抱吻，一句话也不说，只顾抱在一起，就在学校前面，还紧紧抱着，我们什么都忘了。他在抱吻中流泪,哭。父亲还活着。他最后的希望已经落空。他已经向他提出请求。他祈求允许把我留下,和他在一起,留在他身边。他对他父亲说他应该理解他,说在他漫长的一生中,对这样的激情至少应该有过一次体验,否则是不可能的,他求他准许他也去体验一次这样的生活,仅仅一次,一次类似这样的激情,这样的魔狂,对白人小姑娘发狂一般的爱情,在把她送回法国之前,让她和他在一起,他请求给他一点时间,让他有时间去爱她,也许一年时间,因为,对他来说,放弃爱情决不可能,这样的爱情是那么新,那么强烈,力量还在增强,强行和她分开,那是太可怕了,他,父亲,他也清楚,这是决不会重复再现的,不会再有的。

父亲还是对他重复那句话,宁可看着他死。

我们一起用双耳瓮里倒出的清水洗浴,我们抱吻,我们哭,真值得为之一死,不过,这一次,竟是无可告慰的欢乐了。后来,我对他说了。我对他说:不要懊悔,我让他想一想他讲过的话,我说我不论在哪里,总归要走的,我的行止我自己也不能决定。他说,即使是这样,以后如何他也在所不计,对他说不过是那么一回事,完了,一切都已成为过去。我对他说,我同意他父亲的主张。我说我拒绝和他留在一起。理由我没有讲。

这是永隆的一条长街，尽头一直通到湄公河岸边。这条大街每到黄昏很是荒凉，不见人迹。这天晚上，几乎和任何一天的晚上一样，发电厂又停电，事情就从这里开始。我刚刚走上大街，大门在后面就关上了，接着，灯光突然灭了。我拔脚就逃。我要逃走，因为我怕黑。我越跑越快。猛可之间，我相信我听到身后也有人在跑。在身后肯定有人跟踪追来。我一面跑，一面转身看了一看。一个高高的女人，很瘦，瘦得像死人似的，也在跑，还在笑。她赤着双脚，在后面紧追，要追上来，抓住我。我认出来了，是本地区那个疯人，永隆的女疯子[1]。这是我第一次听到她说话，她在夜里话语连篇，在白天是倒头长睡，经常出没在这条大街花园门前。她又是跑又是喊叫，喊叫什么我听不清。我怕极了，我呼救，但是叫不出声。我大概在八岁的时候，曾经听到她那尖厉的笑声，还有她的快乐的呼叫，肯定是在拿我取乐。回想起来，中心就是关于这样一种恐惧的记忆。说这种恐惧已超出我的理解、超出我的力量，这样说也还不够。如果可以进一步说，那是关于人的存在整体这种确定性的记忆，也就是说，那个女人如用手触及我，即使是轻轻一触，我就会陷入比死还要严重的境地，我就要陷于疯狂。我跑到邻近的花园，跑到一座房子那里，

---

[1] 有关疯女形象，作者在小说《副领事》（1965）中曾着重描写。

刚刚跑上台阶，就在房门入口那里倒下了。过后有许多天，我还不能把遇到的这件事说明白。

在我一生的晚期，看到我母亲病情日趋严重，我仍然十分害怕——病的情况我已记不起了——这就是使她同她的孩子分开的那种情况。我以为只有我知道未来将是怎样，我的两个哥哥不会知道，因为我的两个哥哥对这种情况不可能作出判断。

那是在我们最后分开以前几个月，在西贡，夜已经很深，我们在泰斯塔尔路住房的大平台上。阿杜也在。我注目看着我的母亲。我简直认不得她。后来，在恍惚之中，似乎一切突然崩陷，我的母亲我突然完全认不出来了。就在靠近我的地方，在我的母亲所坐的位子上，突然出现了另一个人，她不是我的母亲，她有她的面目，她的外观，但不是我的母亲。她那神态稍稍显得呆滞，在望着花园，注视花园的某一点，似乎正在探看某种我无从觉察的正在发生正在迫近的事件。在她身上，有着容颜眉眼表现出来的青春，有着某种幸福感，这种幸福她是以贞节为理由加以压制的，而贞节之于她早已习惯成自然了。她曾经是很美的。阿杜一直守在她的身边。阿杜好像什么也没有察觉。可怕的不是我所说的这一切，不在她的容貌，她的幸福的神态，她的美，可怕的是：她分明是坐在那里，她作为我的母亲坐在那里，竟发生了这种置换，我知道坐在她位子上的不是别人，明明是她本人，恰恰是这绝不能由他人替换的正身消失不见了，而我又不能使她再回来，或者让她准备回转来。让这个形象存留下来是决不可能的了。我在心智完全清醒的情况下，变成了疯狂。这正是应该呼号喊叫的时间，正当其时。我号叫着。叫声是微弱的，是呼求救援之声，是要把那坚冰打破，全部景象就这样无可挽回地冻结在那冰块里面了。我的母亲竟又回转来了。

我使得全城都充满了大街上那种女乞丐。流落在各个城市的乞妇，散布在乡间稻田里的穷女人，暹罗山脉通道上奔波的流浪女人，湄公河两岸求乞的女乞丐，都是从我所怕的那个疯女衍化而来，她来自各处，我又把她扩散出去。她到了加尔各答，仿佛她又是从那里来的。她总是睡在学校操场上番荔枝树的阴影下。我的母亲也曾经在她的身边，照料她，给她清洗蛆虫咬噬、叮满苍蝇的受伤的脚。

在她身边，还有那个故事里曾经讲到的那个小女孩。她背着那个小女孩跋涉了两千公里。这个小女孩她不想再留下，她把她给了别人，行，行，就抱走吧。没有孩子了。再也没有孩子了。死去的，被抛弃的，到生命的尽头，算一算，竟是那么多。睡在番荔枝树下的女人还没有死。她活得最长久。后来，她穿着有花边的裙衫死在家屋之中。有人来送她，哭她。

她站在山间小径两旁水田的斜坡上，她在哭叫，又放开喉咙大笑。她笑得多么好，像黄金一样，死去的人也能被唤醒，谁能听懂小孩的笑语，就能用笑唤醒谁。她在一处般加庐平屋前逗留了许多天没有走，般加庐里住着白人，她记得白人给乞食的人吃饭。后来，有一次，是的，天刚刚透亮，她醒了，动身上路，那一天，她走了，请看是为什么，只见她朝着大山从斜里插过去，穿过大森林，顺着暹罗山脉山脊上小道走了。也许是急于要看到平原另一侧黄色绿色的天空，她穿越群山而去。她又开始下山，向着大海，奔向终点走去。她稀稀拉拉迈着大步沿着森林大坡直奔而下。她越过丛山，又在森林里辗转穿行。这是一座又一座疠疫弥漫的森林。这是一些气候炎热的地区。这里没有海上的清风。这里只有滞留不散的喧闹的蚊阵，婴尸，淫雨连绵。后来到了河流入海的三角洲。这里是大地上最大的三角洲。是乌黑的淤泥地。河流在这里汇合流向吉大港[1]。她已经从山道、森林走出来了，她已经离开了贩运茶

1　在今孟加拉国。

叶行人往来的大道，走出赤红烈日照耀的地区，三角洲展现在前面，她在这开阔地上急急走着。她所选择的方向正是世界旋转的方向，迷人的辽远的东方。有一天，大海出现在她的眼前。她惊呼，她笑，像飞鸟发出神奇的叫声那样放声大笑。因为她这样的笑声，她在吉大港找到一条过路的帆船，船上的渔民愿意带她去，她与他们结伴横渡孟加拉湾。

从此以后，人们看到她出现在加尔各答郊外垃圾堆场一带地方。

后来她又不见了。后来她又回来了。她又出现在那个城市的法国大使馆的背后。她有取之不尽的食物用来充饥，她睡在公园里过夜。

夜里，她留在公园里。天亮以后，就到恒河水边。爱笑的天性和嘲笑的习惯永远不变。她留在这里不走了。食于斯，眠于斯，这里的黑夜是安谧宁静的，她在花园里过夜，这是长满了欧洲夹竹桃的花园。

有一天，我也来到这个地方，从这里经过。那时我是十七岁，这是英国人的居住区，各国使馆都在这里辟有花园，那时正是季风转换的季节，网球场上空无一人。沿恒河一带，麻风病人在那里走着笑着。

我们乘的船中途在加尔各答靠岸。邮船出了故障。为消磨时间，我们上岸入城去游览。第二天傍晚，我们启航离去。

十五岁半。在沙沥地区很快就有传闻流传了。仅仅这种装束，就足以说明这种没有廉耻的事。母亲是无知的，如何教养幼女也缺乏知识。可怜的孩子。请不要相信，戴这种帽子不会是无辜的，涂上那种口红也不会是无辜的，总有什么问题，决不是清白无辜，那意思是说，是在勾引人，是为了金钱。两个哥哥又是两个坏蛋。人们说，又是一个中国人，大富翁的儿子，在湄公河上有别墅，还是镶了蓝琉璃瓦的。就是这位大富翁，也不会认为这是体面事，决不许他的儿子同这样的女子有什么瓜葛。一个白人坏蛋家庭的女儿。

有一位有地位的夫人，人们都称她夫人，是从沙湾拿吉[1]来的。她的丈夫奉命调到永隆。在永隆足有一年光景，人们不曾见她身影。原因出在这个年轻人，沙湾拿吉行政长官帮办，她的丈夫。他们的爱情维持不下去了。他拿起左轮手枪开枪自杀。这一事件传到永隆新职位所在地。他在离开沙湾拿吉来到永隆赴任的那天，就在这一天，对准心脏打了一枪。就在任所所在的大广场上，在光天化日之下。为了她

---

1 在今老挝境内。

几个还幼小的女儿，也由于丈夫被派到永隆，她对他说：事情就到这里结束吧。

在堤岸声名狼藉的地区这类事每晚都有发生。每天夜晚，这个放荡的小丫头都跑来让一个中国下流富翁玩弄。她在法国学校读书，学校里白人小姑娘、年纪幼小的白人女运动员都在体育俱乐部游泳池里练自由泳。有一天，命令下达，禁止她们和沙沥女校长的女儿说话。

在课间休息时，她成了孤零零一个人，背靠在室内操场的柱子上，望着外面的马路。这件事她没有告诉她的母亲。她仍旧乘堤岸中国人的黑色小汽车来上课。下课离校，她们目送她离去。没有一个人和她说话。无一例外。这种孤独，使关于永隆那位夫人的事迹的记忆又浮现在她眼前。那时，她是初到这里，已经三十八岁。那时，她不过是十岁的小孩子，现在，当她回想起这件事的时候，她已经是十六岁了。

那位夫人正坐在她住室前的平台上，眺望湄公河沿岸的大街，我和我的小哥哥上教理课下课回来从那个地方经过，我在那里曾经看见她。她那个房间正好在那幢附有大遮阳棚平台的华美大建筑的正中，一幢巨宅又正好坐落在长满欧洲夹竹桃和棕榈树的花园的中心。这位夫人和这个戴平顶帽的少女都以同样的差异同当地的人划然分开。这两个人同样都在望着沿河的长街，她们是同一类人。她们两个人都是被隔离出来的，孤立的。是两位孤立失群的后妃。她们的不幸失宠，咎由自取。她们两人都因自身肉体所赋有的本性而身败名裂。她们的肉体经受情人爱抚，让他们的口唇吻过，也曾委身于如她们所说可以为之一死的极欢大乐，这无比的欢乐也就是耻辱，可以为之而死的死也就是那种没有爱情的情人的神秘不可知的死。问题就在这里，就在这种希求一死的心绪。这一切都因她们而起，都是从她们的居室透露出来的，这样的死是如此强烈有力，这样的事实，在整个城市，在偏僻的居住区，在各地首府，在总督府的招待会和漫长的舞会上，已是人所共知的了。

那位夫人在这类官方招待会上再次露面，以为事情已成过去，沙湾拿吉的年轻男人已经进入遗忘之境，人们早已把他忘了。所以这位夫人又在她负有义务不能不出面的晚会上再度出现，人们总需在这类场合不时出面，让人家看到，这样，也就可以从一方方稻田包围中的冷僻地区的可怕孤独中走出来，从恐惧、疯狂、疠疫、遗忘中逃出来。

在法国中学傍晚放学的时候，仍然是那部黑色小汽车，仍然是那个肆无忌惮、幼童式的帽子，那双有镶金条带的鞋，一如既往，还是去找那个中国富翁，让他在自己身上继续发掘，一如既往，让他给她洗浴，洗很长时间，像过去每天在母亲家洗浴一样，从一个双耳大瓮舀出清水沐浴，他也为她备好大瓮贮存清水，照例水淋淋地把她抱到床上，装上风扇，遍吻她的全身，她总是要他再来、再来，然后，再回到寄宿学校，没有人惩罚她，没有人打她，没有人损毁她，没有人辱骂她。

他自杀死了，那是在一夜将尽的时候，在地区灯火明亮的大广场上。那时，她正在跳舞。不久天亮了。他的尸体已经变形。后来，时间过久，烈日又毁去外形。没有人敢走到近前去看一看。警察到近前去看过。待到中午，小运输艇开走以后，什么都没有了，不存在了，广场冲洗得干干净净。

我母亲曾经对寄宿学校的女校长说：没有关系，没有什么重要意义，你不是看到了吗？这么一件小小的旧衣衫，这样一顶浅红色的帽子，这样一双带镶金条带的鞋子，她穿起来不是很合适、很得体吗？这位母亲讲到她的孩子总是如醉如痴，很是高兴，相对地说，她在那样的时刻，总是很动人的。寄宿学校的年轻女学监也热烈地倾听母亲讲话。母亲说，所有的人，地区所有的男人，不论已婚还是未婚，都围着她转，总是在她身前转来转去，他们喜欢这个小姑娘，喜欢那个嘛，还没有怎么定型，你看，还是一个孩子嘛。丢人现眼，没有廉耻，那些人这么说？我么，我说，不顾廉耻，清白又怎样？

母亲讲着，说着，讲到那种大出风头的卖淫，她笑出声来，她又讲到丑闻，讲这种微不足道的可笑的事，戴了一顶不合时宜的帽子，小孩子在渡河的时候显得漂亮，美得很，她对这里法国殖民地这种难以抵制的风气笑了又笑，她说，我讲到这个白净净的白人女孩子，这个年轻姑娘一直关闭在偏僻地区，一旦来到大庭广众之下，全城眼见目睹，和一个中国阔人的败类有了牵连，戴上钻石戒指像是一个年轻的银行老板娘，说着说着她又哭起来了。

在她看到那个钻石指环的时候，她曾经轻声说：这让我想起我和我第一个丈夫订婚时曾经遇到的一个独身小青年。我说就是那位奥布斯居尔先生[1]。大家都笑了。她说：那就是他的姓，真的，真是那样。

我们互相看着，这样看了很久，后来，她又笑了，笑得非常甜美，还带有嘲弄的意味，那样的笑包含着对自己的孩

---

[1] 奥布斯居尔（Obscur），这个词的本义指卑微的小人物。

子、对他们以后的遭际有深切了解和关注。她对他们的了解如此之深,我几乎没有把堤岸的事讲出来。

我终于没有说出口。我根本没有讲。

在开口再和我说话之前,她等了很长时间,后来她说,满怀爱意地说:你以为事情过去了?在殖民地你根本不能结婚,知道不知道?我耸耸肩,笑了。我说:我愿意的时候,管它什么地方,我都可以结婚。母亲表示不同意。不行。她说:在这里搞得满城风雨,在这里,就办不到。她望着我,她还讲了一些令人难忘的事情:他们喜欢你?我回答说:是这样,反正他们喜欢我。她说:正是这样,他们喜欢你,就因为你是你。

她还问我:仅仅是为了钱你才去见他?我犹豫着,后来我说:是为了钱。她又把我看了很久,她不相信。她说:我和你不一样,在读书这件事上,我比你更苦,不过我是严肃的,我规规矩矩念书,这段时间拖得太长,也太迟了,所以对于欢乐我已经不感兴趣了。

有一天,那是在假期,在沙沥,她脚搁在椅子上,坐在摇椅上休息,她把客厅和餐室的门对面打开让穿堂风吹过来。她心气平静,情绪也不坏。见她小女儿来了,她突然很想和她谈谈。

那时,与放弃修海堤的土地,到事情最后结束相去不远，与后来动身回法国的时间也很接近。

我看着她坐在摇椅上睡着了。

我母亲每隔一段时间总要宣布说：明天到照相师那里去拍照。她抱怨照相定价很贵，但还是要拿出钱去拍家庭照。拍出的照片大家都想看，但彼此之间谁也不看谁，只是看照片，各自分别去看，大家都不说话，不加评论，大家都看照片，大家在照片上互相看来看去。全家在一起合拍的照片要看，一个一个分别拍的也看。在很久之前拍的照片上，大家都还年幼，互相看来看去，在新近拍的照片上，大家也是你看我我看你互相看。即使在那个时候，我们之间就已经大不相同，有了很大的差别。这些照片每一次看过，就要整理好存放在衣橱里和衣物放在一起。我母亲让人给我们拍照，目的是为了看看我们，看看是不是成长正常。她同所有的母亲一样，我们也像别的孩子那样，总是长时间去看那些照片。她还拿几张照片互相比较，还讲讲每个孩子如何在成长、长大。但谁也不去答话。

我母亲专是请人给她的孩子照相。此外一律不照。在永隆拍的照片，我没有，一张也没有，花园、大河、法国征服殖民地后修建的两旁种有罗望子树的笔直大马路，这样的照片一张也没有拍过，房屋，我们的栖身之地，刷着白石灰，摆着涂有金饰黑色大铁床的住室，装着像大街上发红光的灯泡、绿铁皮灯罩，像教室那样照得通明的房间，这样的照片一张也没有拍过，我们这些住所真叫人无法相信，永远是临时性的，连陋室都说不上，丑陋难看就不说了，你见了就想远远避开，我的母亲不过是暂时寄居在这一类地方，她常常说，以后再说，设法找到真正适宜长居久住的地方，不过那是在法国，她这一生一直在讲一定要找到那样的地方，同她的脾性、她的年龄、她的悲苦心境相适合的地方，要到加来海峡省[1]与双海之间去找。所以那样的照片一张也没有拍，任何形象也没有留下。后来她在卢瓦尔省定居，终于永远留在这里没有再迁徙，她的居室仍然像沙沥那样一个房间，真是可怕。以后她就什么也记不起，都忘记了。

某些地方、某些风景的照片，她是从来不拍的，除开给我们、她的孩子拍照以外，其他的照片她都不拍，她让人拍照片多半是让我们合拍，花钱可以省一些。我们有些照片不是照相师拍下来的，而是摄影爱好者拍的，是我母亲的朋友，初到殖民地的同事，他们喜欢拍热带风景，拍可可树和苦力的照片，为了寄回家去让家人看的。

我母亲回国度假总是把她的孩子的照片带回去拿给她的

---

[1] 法国北部地区的省份，在英吉利海峡东南。

家人看，这真是不可思议的怪事。我们都不愿意到她家去。我的两个哥哥根本不认识我母亲的娘家。我年纪最小，起初她带我去过。后来我没有再去，因为，我的姨母因为我行为不检不愿意让她们的女孩子见到我。无法，我母亲只好把我们的照片拿给她们去看，所以我母亲把这些照片拿出来，把她的孩子的照片拿给她的姐妹去看，这也是理所当然的。她本来就应该这样，她也是这样做的，她的姐妹，是她家仅有还活在人世的人，所以她才把一族人的照片拿给她们去看看。是不是从这个女人的处世态度上可以看到一点什么？从她处事决不半途而废、决不撒手不管，如对待自己的姐妹，对待艰难困苦，是不是也可以看到一些什么呢？我相信是可以看到某种东西的。恰恰在这种属于种族的荒诞的大智大勇之中，我发现有一种深邃的动人的美。

在她白发苍苍年老的时候，她依然还是要找摄影师照相，她是独自一人去的，穿着她那件很好看的暗红色裙衫，戴着她那两件首饰，她的长项链和镶玉金别针，就是那块四周镶金的玉石。从照片上可以看到，她的头发梳得美好，不带一点波折，很好的形象。本地有钱的人死期临近，也去照相，一生只照这一次。那种照片放得很大，大小是同一个格式，镶在好看的金镜框内，挂在先祖祭台之旁。照这种照片的人我见过不少，拍出的照片几乎一样，惊人地酷似。不仅因为年衰人老而彼此相像，而是因为人像都被修饰描绘过，永远都是这样，颜面上的特征，如果拍出来的话，经过这样修饰，也就抹去看不见了。人的面目经过这样一番修饰，才能正面迎对永恒，人的面貌经过橡皮涂改，一律变得年轻了。人们所期求的原也是这样。这种相像——这样的谨慎——对他们在家族中走过来的经历的回忆想必相互适应，既证实了他所具有的特质，也成了他确实存在的明证。他们愈是彼此相像，他们归属于家族各不同辈分这一点也愈加不容置疑。何况所有男人头上都有相同的头巾，所有女人都梳着一样的发髻，同样直直长长的发式，男人女人一律都穿同样的竖领长衫。他们都是一样的神态，我在他们所有的人中间看到的就是这种神态。在我母亲穿着红衫裙的照片上显现出来的就是这种神情，也就是他们那种神态，那样一种风姿，有人也许说是高贵，有人大概认为是个性全无。

关于那件事他们是讳莫如深不再提起了。既然已经到了这个地步，娶她的事也就不再试图在他父亲面前旧事重提。这位父亲怎么一点也不可怜他的儿子。他对什么人都不存什么怜悯之心。在所有本地区操纵商界的中国移民当中，这个住在镶有蓝色琉璃砖平台的中国商人，是最为可怕、最为富有的一个,他的财产不限于沙沥一地,并且扩展到堤岸,堤岸本是法属印度支那的中国都城。堤岸那个男人,他心里明白:他父亲作出的决定和他作为儿子作出的决定是二而一,他们的决心是不可挽回的。最低限度他已经开始懂得他和她分手任她走掉是他们这段故事的佳兆。他知道女方不属具备婚嫁必要条件那一类人,从任何婚姻她都可以得到补偿,他知道必须抛开她,忘掉她,把她还给白人,还给她的兄弟。

自从他为她那副身躯发疯入迷以来,这个少女对于占有他、对于他的瘦弱,已不再感到难以忍受,奇怪的是她的母亲也不像她在此之前感到有那种不安,似乎她也觉得他那身躯差强人意,勉强可取,换一个也差不多少。至于他,作为堤岸的一个情人,他认为这个小小的白种女人在成长中受到极为强烈的炎热气候的损害。他自己,他也是在这种炎热气候中出生、长大的。在这一点上,他觉得他们同病相怜好像是血亲一族。他说在这里——在这个难以忍受的纬度上度过的岁月已经使她变成印度支那地方的少女了。他说她有同印度支那少女一样柔美纤巧的双腕、同她们一样浓密的长发,也许可以说这长发为她们汲取到全部力量,也使她的头发长长的同她们的长发一样,尤其是皮肤,全身肌肤因有雨水滋润而细美,在这里蓄下的天落水是用来给女人和小孩沐浴的。他说法国女人和她们相比,皮肤是生在僵硬的身体上的，是粗糙的。他还说热带地区食物贫乏，无非鱼与鲜果，不过对于肌肤细美也有一些作用。还有，棉布和丝绸用来做成衣服，衣服一向是宽舒的，不贴在身上，身躯自由轻适，就像赤身不曾穿衣一样。

堤岸的情人，对这个正当青春期的小小白种女人一厢情愿甚至为之入迷。他每天夜晚从她那里得到的欢乐要他拿出他的时间、他的生命相抵。他几乎没有什么话可以对她说了。也许他认为他讲给她听的有关她的事、有关他不理解、不能也不知怎么说的爱，她根本就不可能理解。也许他发觉他们从来就不曾有过真正的交谈，除非夜晚在那个房间里哭泣呼叫之中曾经相呼相应。是的，我相信他并不知道，他发现他是不知道。

他注目看着她。他闭上眼也依然还在看她。他呼吸着她的面容。他呼吸着眼前的一个孩子，他两眼闭着呼吸着她的呼吸，吸取她身上发出的热气。这身体的界限渐渐越来越分辨不清了，这身体和别的人体不同，它不是限定的，它没有止境，它还在这个房间里不断扩大，它没有固定的形态，时时都在形成之中，也不仅仅在他所见的地点存在，同时也存在于别的地方，它展现在目力所及之外，向着运动，向着死延伸而去，它是柔韧多变的，它在欢乐中启动，整体随之而去，就像是一个大人，到了成年，没有恶念，但具有一种令人恐惧的智能。

我注意看他把我怎样，他以我为用，我从来没有想到竟可以这样做，他的所为已经超出我的希求，却又与我的身体固有的使命相吻合。这样，我就变成了他的孩子。对于我，他也变成了另一种物。在他本人之外，我开始认识他的皮肤、他的性器官，有着无可言状的温柔甘美。另一个男人的阴影应该也在这个房间里出现，这是一个年轻的谋杀犯的阴影，但是我还不认识他，在我眼中，还有待于显现。一个年轻的猎手的阴影大概也从这房间里走过，但这个幻影，是的，我认识他，他有时也在欢乐中出现，关于他，我对他说过，对堤岸的这个男人，我的情人，我对他说过，我对他讲过他的身体，他的性器官，也讲过那不可言喻的温柔，也讲过在森林和有黑豹出没的河口一带河流上他是何等勇猛。一切都在迎合他的欲望，让他把我捕捉而去，让他要我。我变成了他的孩子。每天夜晚，他和他的孩子都在做爱。有时，他害怕，突然，他担心她的健康，他发现她会死去，会失去她；这样的意念在他心中闪过。突然间他又希望，她真是那样柔弱，因此，有时，他还是怕，非常害怕。她的这种头痛病也使他害怕，头痛发作，她变得面无人色，僵死在那里，眼上敷着浸水的布巾。还有这种厌恶情绪，甚至厌恶生命，厌恶感一出现，她就想到她的母亲，她无端哭叫，想到不能改变世事，不能让母亲生前得到快乐，不能把害母亲的人都杀死，因为忿恨而哭泣。他的脸紧偎着她的面颊，吸取她的泪水，把她紧紧抱住，疯狂地贪求她的泪、她的愤怒。

他抱着她就像抱着他的孩子一样。也许他真是在抱着他的孩子。他戏弄他的孩子的身体，他把它放转来，让它覆盖在自己的脸上、口唇之上、眼睛上。当他开始这样做的时候，她继续追随他所采取的方向，听之任之。是她，突然之间，是她要求他，她并没有说什么，他大声叫她不要说话，他吼叫着说他不想要她了，不要和她在一起。又一次碰僵了。他们彼此封锁起来，沉陷在恐惧之中，随后，恐惧消散，他们在泪水、失望、幸福中屈服于恐惧。

漫长的黄昏，相对无言。在送她回寄宿学校的黑色汽车里，她头靠在他的肩上。他紧紧抱着她。他对她说，法国来的船快要到了，将要把她带走，把他们分开。行车途中，他们都不说话。有时他叫司机开车到河岸去兜一圈。她睡着了，精疲力竭，紧紧偎依在他身上。他吻着她，他的吻唤醒了她。

寝室里，灯光是蓝蓝的。有乳香的气味，在日暮时刻经常燃起这种香料。暑气凝固不散，窗子都大大敞开，一点风也没有。我把鞋脱去，不要弄出声响来，不过我是心安的，我知道舍监不会起来查问，我知道，我夜里愿意什么时候回来就什么时候回来，现在是批准的了。我急忙去看海伦·拉戈奈尔的床位，我一直有些担心，怕她白天从寄宿学校逃出去。海伦·拉戈奈尔。她在那里。她睡得很好。我记得有一次睡不着，不要睡，仿佛有意作对似的。拒绝睡。她的手臂裸露在外，围着她的头，放任地伸在那里。身体睡态显然是睡得不舒服的，和别的女孩睡态全然不同，她两腿拳曲，看不到她的脸，枕头滑落在一边。我猜她一直在等我，就这样睡着了，等得不耐烦，生气了。她大概哭过，后来就昏昏睡去。我真想叫醒她，和她一起悄悄谈话。我已经不再和堤岸的那个男人谈什么了，他也不再和我说什么了，我需要听听海·拉谈谈问题。有人是带着一种无可比拟的关注心意去听他们并不理解的事，她就有着这种不可比拟的心意。但是我不能叫醒她。半夜把海·拉吵醒，她就不会再睡了。她一定会起来，跑出去，她一定会这么做，跑下楼去，穿过行廊，跑到空空的庭院，她跑着，她会叫我也去，她是那么开心，谁也不能劝住她，因为谁阻止她出去走走，人们知道，她会做出什么事来。我犹豫着，不行不行，我没有叫醒她。帐子里闷热无比，透不过气来，帐子闭紧，更无法忍受。我知道这是因为我刚从外边来，河岸上夜里一向是风凉的。我已经习惯了，静下来不动，等一等，也就无事。闷热过去，就没有什么了。我一下还睡不着，尽管在我一生中经受了这不曾有过的新出现的疲惫。我在想堤岸的那个人。他这时大概和他的司机到泉园附近一家夜总会去喝酒，大概一言不发，在那里喝酒，他们经常喝那种稻米酿造的白酒。或者他回家去了，睡在那间点着灯的房间里，也不同任何人说话。这天晚上，堤岸的那个人，他的想法，我无法容忍。我也无法接受海伦·拉戈奈尔的想法。他们的生活似乎太圆满，那似乎是得自他们自身之外。我不是那样。母亲说过：她这个人没有满意的时候，没有什么可满意的。我认为我的生活刚刚开始在我面前显示出来。我相信我能把这一点直言不讳对自己讲出来，我相信我隐约间已经感觉到对死的渴望。死这个字我已经无法把它和我的生命两相分开。我觉得我隐约间又渴求孤独。同样，自从我离开童年期，离开我那个可怕的家族，我也看到我不再是孤独一个人。我要写几本书。这就是我在现时之外，在这无边无际的大沙漠里所看到的，而我的生命正是在大沙漠的特征下在我的面前展现出来。

西贡拍来的电报上写的是哪几个字我已经记不清了。可能写的是我的小哥哥已经死去，或者：应上帝之召走了。我依稀记得是上帝召去了。我记得很清楚，不是她，电报不是她拍来的。我的小哥哥死了。最初，不能理解，后来，仿佛从四面八方，从世界深处，悲痛突然汹涌而来，把我淹没，把我卷走了，我什么也不知道了，除了悲痛我已经不存在了，是怎样的悲痛，这是怎样的悲痛，我也不知道，是不是几个月前一个孩子死了，孩子死去带来的悲痛又重新出现，还是另一种新出现的悲痛，我不知道。现在，我相信这是另一种新的悲痛，我的孩子一出生就死去而我竟完全不认识他，我不愿意为这个孩子就自己杀死自己。

错了，人们是搞错了。人们犯下错误只要几秒钟就可以传遍世界。这种丑事在上帝统治的范围内一直是存在的。我的兄弟是不死的，只是我们看不到他了。不死，在这个哥哥还活着的时候就已经潜存于他的肉体之中，而我们，我们竟看不到不死本来就寄居在这个肉体之内。我的哥哥的肉体是死了。不死和他一起也归于死灭。现在，这个曾有什么寄居于其中的肉体是没有了，这种寄居也没有了，但是这个世界照样运行不止。人们是彻底地错了。谬误已遍及宇宙万物，可耻的丑闻也是如此。

在小哥哥死去的时刻，这一切本来也应该随之消失。而且是通过他。死就像是一条长链,是从他开始的,从小孩子开始的。

孩子死去的肉体,对于以它为因而发生的许多事件,是无知无觉的。他二十七年生命,不死就隐藏于其中,它叫什么名目,他也不知道。

我比任何人都看得清楚。所以,我一经有了这样的认识,——这本来也很简单,即我的小哥哥的身体也就是我的身体,这样,我也就应该死了。我是死了。我的小哥哥已经把我和他聚合在一起,所以我是死了。

应该把这些事情告诉人们。让他们明白,不朽就是朽,不死就是死,不死也可以死去[1],这是已经发生并且继续还在发生的事实。不死也未见得就意味着这样,它就是那种绝对的两重性。它不存在于具体的细节之中,它仅仅存在在原则上。不死本来就寄托在存在之中,有些人在不知对之有所为的条件下,是能够把不死寄之于存在的。同样,另一些人在相同的条件下,在不知能够那样做的条件下,也可以在这些人身上把不死寄托在存在之中。要告诉他们,这是因为不死觉察到生命是不死的,因为不死原本就寄托在生命之中。要告诉他们,不死

---
[1] 不死与死相对。从道德的意义上理解,在中文不说不死,而说不朽。

不是一个时间久暂的问题,不是一个不死的问题,而是至今不为人知的另一种事物的问题。要告诉他们:说它无始无终,和说它与对生命的意识共始终,同样是谬误的,因为它既具有精神的性质,同时也有追求虚无的性质。请看沙漠的僵死的砂砾,小孩的死去的肉体:不死是不到这里来的,在这里它就停止了,在外部逡巡,绕开,离去。

对于小哥哥来说,那是一种不带缺陷、没有传奇性、不带偶然性、纯一的、具有唯一内涵的不死。小哥哥在大沙漠中,没有呼叫,什么也没有说,在彼在此全一样,一句话也没有。他没有受过教育,从来没有学习过什么。他不知怎么谈话,勉强能读会写,有时人们甚至认为他连什么是痛苦也不知道。他是这样一个人:什么都不理解,而什么都怕。

我对他的爱是不可理喻的,这在我也是一个不可测度的秘密。我不知道我为什么爱他竟爱得甘愿为他的死而死。一别十年,事情真的发生了,过去我可是很少想到他。我爱他,也许永远这样爱他,这爱不可能再增加什么新的东西了。那时我竟忘记有死。

我们在一起谈话很少很少,关于大哥,关于我们的灾难，关于母亲的不幸，关于那平原上的土地的厄运都谈得很少很少。我们谈的宁可说是打猎、卡宾枪、机器、汽车。他常常因汽车撞坏大为恼怒，他后来搞到的几辆破旧汽车也都对我讲过，也详细给我写过信。各种猎枪和各种破旧汽车的商标牌号我都知道。当然，我们还谈过老虎吃人的事，若是不小心就会被老虎吃掉，我们也谈过在水渠里游泳的事，如果继续游到急流里去就会淹死。他比我大两岁。

风已经停了，树下的雨丝发出奇幻的闪光。鸟雀在拼命鸣叫，发疯似的，把喙磨得尖利以刺穿冷冷的空气，让空气在尽大的幅度上发出震耳欲聋的鸣响。

邮船的发动机停了，由拖轮拖着，一直拖到湄公河河口近西贡那里的海湾有港口设施的地方，这里是抛锚系缆所在，这里叫作大河，即西贡河，邮船就沿着西贡河溯流而上。船在这里停靠八天。当各类船只停靠在码头上，法国也就在那里了。人们可以上船去吃法国式的晚餐，跳舞，对我母亲来说，那未免过于昂贵了，而且，对她来说，也无此必要，不过，和他一起，和堤岸的情人一起，是可以去的。他所以不去，是因为同一个这么年轻的白人姑娘一起去，怕被人看见，他没有这样说，但她是知道的。在那个时期，五十年前，当然也说不上时间久远，五十年前到世界各地去，也只有从海路乘船去。世界各大洲彼此分割，陆路不通，还没有铁路铺设。在数百数千平方公里的土地上，只有史前时期开辟的一些通道存在。连接印度支那和法国的航线，只有法国邮船公司漂亮的邮船往来其间，这就是在航线上航行的"三个火枪手"：波托斯号，达塔尼昂号，阿拉米斯号。

航程要持续二十四天。那时定期航班的邮船在船上很像是若干城镇组成的，有街道，有酒吧间，咖啡馆，图书阅览室，沙龙，约会，情侣，还可以婚丧嫁娶。因此一些偶然性的社团应运而生，这些关系的形成，也不得不然，这一点人们是知道的，也不会忘记，正因为这样，这些社团也变得很有生气，很有趣，让人流连忘返。所以这就成了女人特有的旅行了。对女人来说尤其不可小视，对于某些男人有时也不可忽视，这类到殖民地去的旅行于是成为取得事业成功名副其实的历险活动了。对于我们的母亲来说，在我们童年时期，这些旅行就成了被她称之为"她一生中最美好的日子"那一类事情了。

动身启程。旅程的开始永远都是这样。遥远的行程永远都是从海上开始的。永远是在悲痛和怀着同样绝望的心绪下告别大陆的，尽管这样，也阻止不了男人动身远行，比如犹太人，有思想的人，还有只愿在海上旅行的旅行者，尽管这样，也阻止不了女人听任他们弃家出走，她们自己却从来不肯出门远行，总是留在家里，拘守故土、家族、财产，坚持必须回家的理由。几百年的时间，乘船旅行使得旅人变得比我们今天的旅行者更加迟钝，更带有悲剧性。旅行的时间当然与空间距离一样长。人们对人类在海上和陆地旅行这种缓慢的速度，已经习以为常，对于迟误，等候风向，等待天气转为晴朗，遇难，烈日，死亡，也习以为常了。这个白人小女孩所见到的那些大轮船已经是世界上落后的班船。在她年轻的时候，最早出现的飞机航线已经设立，势必将逐渐取代人类在海上长途跋涉。

他仍然每天都要到堤岸的公寓去。他仍然按习惯那样，在一个时期他仍然按老习惯那样做，用双耳瓮积存清水给我洗浴，再把我抱上床。他还是紧靠着我，睡在我身边，不过他已经变得无能为力了。离别的日期尽管为时尚远，但是分别一经确定下来，他对于我，对我的肉体，就什么也不能了。这种情况是突然发生的，他并不知道。他的肉体对这个即将离去、叛离而去的女人已经无所欲求。他说：我再也不能得到你了，我自以为还能，但是办不到了。他说他已经死了。他对我微笑着，非常温柔的表示歉意的笑，他说也许再也不会有了。我问他是不是想。他那么笑了一笑，他说：我不知道，现在，大概是想。在沉痛之中，柔情依然还在。这种痛苦，他没有说，一个字也不曾提起。有时，他的脸在战栗，牙齿咬紧，双目紧闭。他闭起眼睛所见到的种种形象，他始终没有说过。也许可以说他喜欢这样的痛苦，他喜爱这种痛苦就像过去爱我一样，十分强烈，甚至爱到宁可为之死去也说不定，可是现在他宁愿要痛苦甚于得到我。有几次他说他愿意爱抚我，因为他知道我渴想得到爱抚，他说当快乐出现的时候他也很想注意看看我。他那样做了，同时也在注意看我，他还叫着我，就像叫他的孩子一样。我们约定，谁也不看谁，但是不可能，过去也不可能。每天傍晚我都在学校门前他的黑色汽车里看到他，羞耻早已抛到九霄云外去了。

开船的时刻到了，三声汽笛长鸣，汽笛声拖得很长，声音尖厉，全城都可以听到，港口上方，天空已经变成黑魆魆一片。于是拖轮驶近大船，把它拖到河道中心。拖过之后，拖轮松开缆索，返回港口。这时，轮船还要再一次告别，再次发出那可怕的叫声，那么凄厉，让人觉得神秘难测，催人泪下，不仅旅人下泪，使动身远去的人哭泣，而且使走来看看的人以及没有明确目的来到这里的人、没有什么可思念的人听了也落下泪来。随后，轮船凭借自身的动力徐徐开行，沿着河道缓缓向前开去。经过很长时间，仍然可以看到它那高大的身影，向着大海航去。有很多人站在岸上看着船开去，不停地招手，挥动他们手中的披巾、手帕，但动作渐渐放慢，愈来愈无力了。最后，在远处，陆地的弧线把那条船的形状吞没，借着天色还可以看到它慢慢地下沉隐没。

当轮船发出第一声告别的汽笛鸣声，人们把跳板撤去，拖轮开始把它从陆地拖引开去，离岸远了，这时，她也哭了。她虽然在哭，但是没有流泪，因为他是中国人，也不应为这一类情人流泪哭泣。也没有当着她的母亲、她的小哥哥的面表示她心里的痛苦，什么表示也没有，就像他们之间惯常所有的情形那样。他那黑色长长大大的汽车停在那里，车前站着穿白制服的司机。车子离法国邮船公司专用停车场稍远一点，孤零零地停在那里。车子的那些特征她是熟知的。他一向坐在后面，他那模样依稀可见，一动不动，沮丧颓唐。她的手臂支在舷墙上，和第一次在渡船上一样。她知道他在看她。她也在看他；她是再也看不到他了，但是她看着那辆黑色汽车急速驶去。最后汽车也看不见了。港口消失了，接着，陆地也消失了。

航程中经过中国海、红海、印度洋、苏伊士运河，清晨一觉醒来，船的震荡停止了，可知船已到岸，船正沿着沙滩航行。但是，这里仍然是海洋。海洋更其辽阔，遥远无边，一直连通南极，航程中有几次停靠，从锡兰[1]到索马里是距离最长的一段路程。有时海洋是这样平静，季节又是这样纯净温煦，人们在航行途中甚至觉得不是这一次在这里的海上旅行，而是经历另一次海上行程似的。这时，船上的大客厅、船上前后纵向通道、舷窗都打开来，整个船都打开来了。旅客从他们无比炎热的舱房走出来，甚至就睡在甲板上。

旅途中，船正在横越大洋，有一天深夜，有一个人死了。她现在已经不能明确知道是不是这一次旅行或另一次旅途中发生的事。头等舱酒吧间有一些人在玩牌，在这些玩牌的人中有一个年轻人，这年轻人打牌打到一定的时间，一言不发，把牌放下，走出酒吧间，穿过甲板，匆匆跑去，纵身一跃跳下海去。船正在快速航行，待船停下来，尸体已不知去向。

写到这件事，不，她并没有亲自见到这条船，而是在另一个地方，她听人讲过这个故事。那是在沙沥。那个青年，就是沙沥地方长官的儿子。她也认识他，他也在西贡中学读

---
[1] 现斯里兰卡。

书。她还记得,他身材高大,和蔼可亲,面呈棕色,戴一副玳瑁边眼镜。人们在他的房舱里什么也没有发现,一封信也没有留下。他的年纪,倒是留在记忆里了,真可怕,也是十七岁。船在第二天黎明又启航了。最可怕的就是这一点,船竟自远去。太阳升起,大海茫茫,决定放弃搜寻。永远的离弃,分离。

还有一次,也是在这次航行途中,也是在大洋上,同样,也是在黑夜开始的时候,在主甲板的大客厅里,有人奏出肖邦圆舞曲,声音极为响亮,肖邦圆舞曲她是熟知的,不过那是按照自己的理解,也曾学过几个月,想学会它,但是始终没有学好,不能准确弹奏,所以后来母亲同意她放弃学琴。那是已经消失在许许多多黑夜中的一夜,一个少女正好也是在这条船上,正好是在那一夜,在明亮放光的天宇下,又听到肖邦那首乐曲,声音是那么响亮,这一切是确定无疑的,是发生了这样的事。海上没有风,乐声在一片黑暗的大船上向四外扩展,仿佛是上天发出的一道命令,也不知与什么有关,又像是上帝降下旨意,但又不知它的内容是什么。这少女直挺挺地站在那里,好像这次该轮到她也纵身投到海里自杀,后来,她哭了,因为她想到堤岸的那个男人,因为她一时之间无法断定她是不是曾经爱过他,是不是用她所未曾见过的爱情去爱他，因为，他已经消失于历史，就像水消失在沙中一样，因为，只是在现在，此时此刻，从投向大海的乐声中，她才发现他，找到他。

就像后来通过小哥哥的死发现永恒一样。

在她的四周，人们正在沉睡，覆盖在音乐之下，但是他们并没有被音乐唤醒，他们在静静地睡着。少女在想她所见到的这一夜，也许是印度洋上最平静的一夜。她相信在这天夜里她看见她的年轻的哥哥和一个女人走到甲板上来。他倚在船舷上，她拥抱他，他们在拥吻。那个少女躲藏起来，以便看得更清楚一些。她也认识那个女人。她已经和小哥哥在一起，他们是不会分离的。她是已婚的女人。事情就是有关这一对可以说已经死去的夫妻。丈夫似乎什么都没有看到。在旅程最后几天，小哥哥整天和女人留在舱房里，他们只在傍晚出来。在这些日子里，或许可以这么说，小哥哥见到他的母亲和他的妹妹也不认识她们了。母亲变得愤懑、寡言、忌妒。她，妹妹，她在哭。她相信她是幸福的，但是同时她也怕，怕那样的事也会在哥哥那里出现。她本来相信他把她们抛弃了，和那个女人一起走了，但是，并没有，在到达法国的时候，他又回来找她们了。

她不知道这个白人少女去后有多久，他遵照父命，与十年前家庭指定的少女成婚，这位少女在结婚的时候当然也是珠翠满头金玉满身。这个中国女人也来自北方，是抚顺城里人，是由家族陪伴前来成婚的。

他也许很长时间未能和她相处，大概也拖了很长时间不同意给予他财产继承人的地位。对于白人少女的记忆依然如故，床上横陈的身影依然在目。在他的欲念中她一定居于统治地位久久不变，情之所系，无边无际的温柔亲爱，肉欲可怕的阴暗深渊，仍然牵连未断。后来，这样的一天终于来到，事情终于也成为可能的了。对白人姑娘的爱欲既是如此，又是这样难以自持，以致如同在强烈的狂热之中终于重新获得她的整体形象，对她的欲念、对一个白人少女的爱欲也能潜入另一个女人，这样的一天终于来临了。他必是通过谎骗在这个女人身中又找到自身，并且通过谎骗完成家族、上天和北方的祖先所企求于他的一切，即承祧姓氏。

也许她已经知道白人少女的存在。她身边有一些沙沥当地人女仆，她们对那个故事了若指掌，肯定会讲出来的。她不会不知道她的痛苦。她们二人大概年纪相仿，都是十六岁。在那天夜里，她有没有看到她丈夫哭泣？看到了，有没有给他安慰？一个十六岁的少女，一个三十年代的中国未婚妻，她能不能安慰这类要她付出代价的通奸的痛苦而不觉有背于礼？有谁能知道？也许她受骗了，也许她也和他同哭共泣，无言可诉，度过了那未尽的一夜。哭过之后，爱情也就随之来临。

这个白人少女对这一件件一桩桩一无所知。

战后许多年过去了，经历几次结婚，生孩子，离婚，还要写书，这时他带着他的女人来到巴黎。他给她打来电话。是我。她一听那声音，就听出是他。他说：我仅仅想听听你的声音。她说：是我，你好。他是胆怯的，仍然和过去一样，胆小害怕。突然间，他的声音打颤了。听到这颤抖的声音，她猛然在那语音中听出那种中国口音。他知道她已经在写作，他曾经在西贡见到她的母亲，从她那里知道她在写作。对于小哥哥，既为他，也为她，他深感悲戚。后来他不知和她再说什么了。后来，他把这意思也对她讲了。他对她说，和过去一样，他依然爱她，他根本不能不爱她，他说他爱她将一直爱到他死。

诺弗勒堡-巴黎
1984 年 2—5 月

乌发碧眼

致扬·安德烈亚

一个夏日的夜晚，演员说，将是这个故事的中心所在。

一丝风也没有。岩石旅馆已经在城市的前方显露。旅馆大厅的门窗都敞开着，背后是红里透黑的夕阳，前面是若明若暗的花园。

大厅里有一些妇女，身边带着孩子。她们在谈论夏日的夜晚。那真是难得遇到，整个夏季大概只有三四个这样的夜晚，而且还不是年年如此。趁还活着，应当好好享受享受，因为谁也不知道上帝是否还会让人享受到如此美丽的夏夜。

旅馆外面的露天座上都是男人。他们说话的声音跟大厅里的那些妇女一样，听得清清楚楚。他们也在谈论在北方海滨度过的夏日。旅馆内外的声音同样都十分轻飘空渺，都在叙说夏夜的异常美丽。

不少人从旅馆后面的公路张望大厅内的情景。其中有一个男人在走动。他穿过花园，走近一扇打开着的窗户。

在他穿过公路之前很短一瞬间，大概只有几秒钟，她，即故事的女主人公来到了旅馆大厅。她是从面朝花园的大门进来的。

那个男人走到窗前时，她已经在大厅里面了，跟其他女人在一起，离开他有几米远。

男人恨自己站的位置看不清她的脸，因为她朝面向海滩的大门转过身去了。

她很年轻，脚登白色网球鞋。可以看见，她身材修长柔软，夏日的夕阳映衬着她白皙的皮肤和乌黑的头发。只有从一扇面朝大海的窗户才能看到她背光的脸。她穿着白色短裤，腰间随便地系着一条黑丝巾，头上扎了一根深蓝的饰带，让人猜想她的眼睛一定也是蓝色的，可是看不见。

旅馆里突然有人叫唤。不知道是叫谁。

叫出来的一个名字发音很怪，听了让人心神不安。名字中有类似东方人口音中的"a"这样一个元音，带着哭腔，冗长拖沓。辅音听不清究竟，似乎有一个"t"或者一个"l"。辅音就像玻璃隔板一样，元音夹在里面震颤不已。

叫喊的声音如此响亮，以至于大家都停住说话，等待着弄明白怎么回事，可是不会有人来解释。

喊声过后不久，从那女人瞧着的那扇门，即旅馆楼面大门中，有个外国小伙子走进了大厅。这是一个蓝眼睛、黑头发的外国小伙子。

外国小伙子走到年轻女子身边。他和她一样，十分年轻。他个子和她一样高，和她一样也身着白色。他停住脚步。他失去的正是她。从室外露天座上反射进来的光线使他的眼睛蓝得可怕。他走近她时，我们发现，他和她的重逢充满了欣喜之情，但又为将再次失去她而感到绝望。他脸色很白，与所有的情人相仿。一头黑发。他哭了。

不知道谁大声说出了那个词，大家不知道那是一个什么词，只觉得这个词是从旅馆的幽暗处，从走道，从房间里传来的。

外国小伙子一出现，花园里的那个男人就走近了大厅的窗口，但他并未发现外国小伙子。他双手紧紧抓住窗沿。这双手仿佛没有生命。他使劲地张望，看见什么以后又激动不已，这双手因此面目全非。

年轻女子用手势向外国小伙子指了指海滩的方向。她请他随她而去。她握住他的手，他几乎没有挣脱。他俩转身离开大厅窗户，朝着她指点的方向，迎着夕照渐渐远去。

他们走出面朝大海的门。

男人还在洞开的窗门后面站着。他在等待。他久久伫立在那里，直到人们纷纷离去，夜幕徐徐降落。

然后他离开花园，顺道在海滩走着。他像一个醉汉，步履踉跄，他喊叫着，哭泣着，犹如悲剧影片中那些痛苦绝望的人。

这是一个风度高雅的男子，身材修长。尽管他这时候正遇上不幸，但仍保持着一副被纯洁的泪水所淹没的目光和一身过于奇特、过于昂贵、过于漂亮的衣服。

昏暗的花园中出现这位孤独的男子，景色顿时为之黯然，大厅里女人们的声音也减弱了，直至完全消失。

继这黄昏之后的黑夜，美丽的白昼便如大难临头，顿然消殒。这时候他俩相遇了。

他走进那家海滨酒吧间的时候，她已经和别人在里面了。

他没认出她。只有当她在那个蓝眼睛黑头发的外国小伙子的陪伴下来这家酒吧间，他才认得她。那人不在，对他来说，她始终是个路人。

他在一张桌前坐下。她对他更为陌生，她从来没有见过他。

她瞧着他。这么做是不可避免的。他孤独、漂亮，孤独得心力交瘁，孤独、漂亮得犹如任何死亡在即的人。他在哭泣。

她觉得他陌生得像是尚未来到这个世上一般。

她离开同在一起的人，走到刚刚进来、正在哭泣的那个人的桌前。她面他而坐。她瞧着他。

他对她视若罔闻，看不见她放在桌上那双毫无活力的手，看不见她萎靡的笑容，也看不见她在战抖。她冷。

在城里的街上，她还从未见过他。她问他什么地方不舒服。他说没有什么，根本没事，不用担心。温柔的声音突然令人心碎，让人以为他无法阻止自己哭泣。

她对他说：我要不让你哭。她哭了。他真的没有什么需要。他不听她的。

她问他是否想死，如果他要的是这个，希望去死，她也许可以帮助他。她希望他再说说话。他说不，没什么可说的，不必在意。她没有别的办法，只有对他说话。

"你在这儿是为了不回家。"

"是这样。"

"家里就你一个人。"

就他一个，是的。他在寻找话题。他问她住在哪儿。她住在海边一条街上的一家旅馆里。

他听不见。他没有听见。他不哭了。他说他正在遭受一个巨大的痛苦的折磨，因为他还想见一个人，可是他失去了他的踪迹。他又说他向来如此，经常为这类事情，为这些要命的忧愁而痛苦。他对她说：留在我身边吧。

她留下了。沉默中，他似乎有些窘迫。他以为自己必须讲话，便问她是否喜欢歌剧。她说她不太喜欢歌剧，可是卡拉斯[1]她倒十分喜欢。怎么能不喜欢卡拉斯呢？她话说得很慢，仿佛往事难以回忆。她说她忘了，还有威尔第，还有蒙

---

[1] 美国歌剧女高音歌唱家（1923—1977），以表演歌唱技巧高超的角色而闻名。

特威尔第[1]。你瞧,不太喜欢歌剧——她补充道——什么也不喜欢的人,就是这些人的东西还算喜欢。

他听见了。他又要哭,嘴唇在哆嗦。威尔第和蒙特威尔第的名字催落了他俩的眼泪。

她说,碰到这么漫长、这么闷热的夜晚,她也总是呆在酒吧间里不走。全城人都走出室外了,没办法呆在房间里。因为她也是单身一人?是的。

他哭了,哭得没完没了。就是这样,哭。他不再说什么。他俩谁也不再说什么。

他俩一直待到酒吧间关门。

他面朝大海,她在桌子的另一端,正对着他。她看了他两个小时,却视若无睹。他们不时地回想起什么,便透过泪眼相互微笑。接着他们重又忘却了。

他问她是不是妓女。她没有惊奇,也没有笑出来。她说:"可以说是,但我不收钱。"

他先前还想,她是在酒吧间干的。不是。

她拿一把钥匙放在手里摆弄着,为了不去看他。

她说:我是一个演员,你认识我。他没有因为不认识她

---

[1] 意大利著名作曲家(1567—1643),在歌剧、清唱剧和带伴奏的旋律的新形式代替旧复调风格等创作方面作出了杰出的贡献。他强调,音乐应表现人最深刻的感情,音乐要和词意吻合。

而表示歉意，他什么也不说。这个人对别人的话已不再相信。他大概想，她发现了这一点。

酒吧间关门了。他们来到了室外。他朝海天相连之处看了一眼。天际尚留一线落日的残照。他谈到夏天，谈到了这个格外温馨的夜晚。她似乎没有明白是怎么回事。她对他说：因为我们哭了，他们就关门了。

她把他带到离海滩更远，坐落在国道旁的一家酒吧。他们在那里一直待到天亮。就在那里，他对她说，他现在到了困难时期。她说：为你生命的最后一个钟点干杯。她没有笑。他说是的，是这样，他真那么想过，现在还那么想。他强作笑容。他又对她说，他在城里找一个人，想重新见到他，就是为了这个缘故他才哭的，这个人他并不认识，他今晚才偶尔见到的，这是他一直等候的人，他一定要再见到他，付出生命也在所不惜。原来是这么回事。

她说：真是碰巧了。她又说：

"这便是我走上前与你说话的原因，我觉得，那是由于你这绝望的心情。"

她脸带微笑，因为使用了"绝望"这个词感到有些难堪。他不明白。他瞧瞧她，这还是第一次。他说：你在哭。

他再一次仔细地打量她。他说：

"你的皮肤那么白，好像刚来海边似的。"

她说这是因为她的皮肤晒不黑，这种情况是有的——她想说些别的，但没有说。

他定睛凝视着她。他甚至忘了他正在看她，这样倒可以更好地回忆一些往事。他说：

"真奇怪，就好像我在哪儿遇见过你。"

她思索着，她也瞧着他，心想在什么地方，什么时候可能遇见过他。她说：

"不。今晚之前我从来没有见过你。"

他又回到皮肤白不白的问题上，以至于白皮肤可以成为一个借口，再去寻找声泪俱下的原因。可是不。他说：

"这总有一点儿……像你那么蓝的眼睛，总有点儿叫人害怕……可这是否因为你的头发特别黑……"

别人跟她谈她的眼睛，想必她一定是听习惯了。她回答说：

"黑头发和黄头发使眼睛的蓝色有所不同，好像眼睛的颜色是由头发决定似的。黑头发使眼睛带有靛蓝的颜色，而且有些悲伤，这是真的；黄头发则使蓝眼睛略带黄色和灰色，见了不那么可怕。"

她先前闭口不谈的事情现在说了：

"我遇见过一个人,他的眼睛就是这种蓝色,你无法抓住他目光的中心点,不知道他的目光从何而来,仿佛他在用整个蓝色看东西。"

他突然看清了她。他发现她描绘的正是她自己的眼睛。

她哭了,这来得太突然,一阵呜咽猛地哽住了她的嗓门,以致她失去了哭泣的力量。

她说:

"很抱歉,我似乎犯了一个大错,我真想去死。"

他害怕她也离开他,消失在城里。可是不,她当着他的面在哭,两眼泪水盈眶,毫无遮掩。这双眼睛使她暴露无遗。

他握住她的双手,拿起来放在自己脸上。

他问她是不是蓝眼睛把她弄哭的。

她说是这样,事情就是这样,可以这么说。

她听凭他摆弄自己的双手。

他问她那是在什么时候。

就在今天。

他吻了她的手,如同他会吻她的脸和嘴一样。

他说她身上有股淡淡的好闻的烟味儿。

她把嘴凑上去让他吻。

她叫他这个素昧平生的人吻她。她说：你吻我赤裸的身子，我的嘴，我的肌肤，我的眼睛。

他们为夏夜要命的忧愁一直哭到早晨。

剧院里将一片漆黑，戏将要开场。

舞台，男演员说。舞台布置成客厅的样子，一丝不苟地布置着深桃花心木的英式家具，十分舒适豪华。有桌椅沙发若干。桌上放着台灯、几本同样的书、烟缸、香烟、酒杯、冷水壶。每张桌上都有一个由两三支玫瑰组成的花束。像个无人居住的地方，一时充满了阴郁的色彩。

一股味道渐渐飘漫开来。它起初就是我们在此描绘的香烛和玫瑰的味道，现在它变成了沙尘那种无香臭的气味。从起初的味道开始，估计已有许多时间过去了。

布景和富有性刺激的气味描写，以及室内陈设和深桃花心木的描写都要由演员用同样的语调像叙述故事那样朗读出来。即使演出的剧院有所变换，布景的内容与此处的陈述有所出入，脚本的文字依然不变。碰到上述情况，演员要注意使气味、服装和色彩服从文字，适合文字的价值和形式。

从头至尾都涉及到这个阴郁的地方，涉及到沙尘和深桃花心木。

她睡着，演员说。她做出熟睡的样子。她在空房间的中央，睡在直接铺在地上的被单上。

他坐在她的身边。他不时瞧瞧她。

这间屋子里也没有椅子。他大概从别处找来了被单，然后将住宅中其他房间的门一一关上。这间屋子窗户朝着大海和海滩。没有花园。

他把发出黄光的吊灯留在了那里。

他大概不太清楚为什么去碰被单、房门和吊灯，干了那些事情。

她在睡觉。

他不认识她。他瞧着她的睡姿、松开的双手、尚还陌生的面容、乳房、美丽之处以及闭着的眼睛。如果先前他让其他房间的门都打开的话，她肯定会去看看的。他心里大概就在这么想。

他看见她平放着的双腿像手臂和乳房一样光滑。呼吸也一样，清晰而又深长。太阳穴处的皮肤下血流在轻轻地拍击着，睡眠减慢了血液流动的速度。

除了吊灯在屋子中央投下一片黄色的灯光以外，整间屋子是阴暗的，圆形的，似乎是封闭的，身体周围没有一处裂缝。

她是一个女人。

她在睡觉。她的样子像在熟睡。我们不清楚。样子是全部进入了睡眠,眼睛、双手和思想均已入睡。身体没有完全躺直,有些侧转,朝着男人。体形柔美,身体各部位的连接是隐而不见的。曲直错落的骨骼都被肌肤覆盖着。

嘴巴半张半合,嘴唇裸露着,受了风吹有些干裂了。她一定是步行来的,天已变冷。

这个身躯虽在熟睡,但并不意味它已毫无生息。恰恰相反。它通过睡眠连有人在睡着它也能知道。男人只要走进光区,立刻会有动感传遍她的全身,她双眼就会睁开,忐忑不安地注视着,直到认出那人为止。

曙色渐露时,国道上的第二家酒吧关门了。他对她说他在寻找一个年轻女人,为的是跟她一起睡一会儿觉,他害怕自己发疯。他愿意付钱给那个女人,这是他的想法,应该付女人的钱,叫她们阻止男人们去死、去发疯。他又哭了,疲惫不堪。夏日叫他害怕。当夏季海滨浴场挤满了一对对情侣、女人和孩子,当他们在游艺场、赌场和街上处处受人鄙夷的时候,他们感到无比孤独。

她借着可怕的日光，第一次看清了他。

他风度高雅。尽管此时此刻他正在经历不幸，但是依然穿着一身过于昂贵，过于漂亮的夏装，这修长的身材和这被纯洁的泪水淹没的目光又使她忘记了他的穿着。他的双手非常白，皮肤也是。他长得又瘦又高。他和她一样，大概也早就中断学校的体育锻炼了。他在哭，眼睛周围有一圈蓝色眼圈墨的残印。

她对他说，一个女人何必收钱，要是没有一个人，还不是一回事。他说他打定主意了，一定要找肯收费的女人，他没有什么爱情，只需要肉体。

他不希望她立刻就来，他说过三天，留点时间整理一下。

他小心翼翼地接待了她，态度有些冷落，他的手在夏天也是冰凉的。他在颤抖。他像蓝眼睛黑头发的外国小伙子一样，一身着白。

他请求她别问他的姓和名。他什么也没有告诉她，她什么也没问。他给她地址。她认识那地方和那座房子。她很熟悉这个城市。

记忆模糊，很难想起往事。这是一个有辱人格的请求。

可是总得问一句，也许她已经安了家。他记得她在酒吧间里，记得那另外一个女人，那富有性感的温柔的嗓音，那沿着白净的脸流淌的泪水。眼睛蓝得无法区分。还有手。

她在睡觉。在她身边的地上有一方黑丝巾。他想问她它派什么用，接着他又打消了这个念头，心想这一般是在晚上用来保护眼睛不受灯光刺激的，此刻就是为了挡住这吊灯洒落下来又经白被单反射的黄光的。

她把东西靠墙放着。有白色网球鞋、白色的全棉衣服和一根深蓝色的头带。

她醒来了。她没有立刻明白所发生的事情。他坐在地上，他瞧着她，微微地俯身凑近她的面孔。她做了一个抵挡的动作，但是几乎看不出来，只是用手臂将眼睛遮住。他看出了她的动作。他说：我看看你，没有别的意思，不要害怕。她说那是受惊，不是害怕。

他们相互笑笑。他说：我对你还不习惯。他经过一番化装。他穿着黑色丧服。

脸带微笑，但眼睛里含有绝望的悲伤和夏夜的泪水。
她什么也不问。他说：

"我不能碰你的身体。我不能对你说什么别的事,我不能,这是不由自主的,不由我意志所决定的。"

她说自从她在海滨酒吧间见到他后她就知道了。

她说她想念那个蓝眼睛的男人,她在酒吧间里和他谈起过,她只对他有欲望,所以那不要紧,恰恰相反。

他说他想随便试一试用手抱住她的身体,也许眼睛不看,因为在此眼睛帮不了什么忙。他说干就干,盲目地将手放在她的身上。他抚摸她的乳房,又摸摸赤裸鲜嫩的臀部,他猛地摇晃着她的全身,然后像顺手似的用力一推,使她翻了个身,让她脸朝地板。他停住了,惊奇自己怎么会如此粗暴。他抽回手,不再动弹。他说:这不可能。

她像脸朝地跌倒一样,呆着一动不动。她重新坐起来的时候,他还呆在那儿,在她身体上方。他没哭。他弄不明白。他们面面相觑。

她问道:

"这事你从来没有干过?"

"从来没有。"

她没有问他是否知道他生活中的这一困难是从什么地方来的。

"你是说从来没有跟女人干过。"

"是的,从来没有。"

温柔的嗓音是坚定的，不容置疑的。

她又笑着说道：

"对我从来没有起过欲望。"

"从来没有。除了——他犹豫着——在酒吧间里，当你谈到那个你爱过的男人和他的眼睛，在说那些话的时候，我对你产生过欲望。"

她把黑丝巾在脸上展开。她在打战。他说他很抱歉。她说那没有什么关系，在这间屋子里说过的就是这句话。她还说，爱情也可能以这种方式产生，即听别人讲一个陌生人，说他的眼睛是如何如何的。她说：

"这么说从来没有过？连感觉到的时刻也没有过？"

"从来没有。"

"怎么会肯定到这种程度？"

"为什么这么希望我不肯定？"

她瞧着他，仿佛背着他在偷看他的相片。她说：

"因为没有别的办法。"

她仍然这么定神地瞧着他。她说：

"这事没有办法弄明白。"

她问他，既然他肯定要在此呆到死去，为什么不能就地寻找，还要去别处寻找。他说不清楚为什么。他只是寻找。

"也许是为了能有一个故事。为此，也没有别的办法可想。即便不为什么也是如此。"

"是真的，我们总是遗忘，忘记那类故事，即写一个故事的故事。中心是，造成一本书区别于另一本书的到底是什么。"

她良久没有说话。她良久心不在焉，独思独想。没有把他放在心上，他知道。她重复道：

"这么说你对女人从来没有产生过欲望。"

"从来没有。不过，我有时候明白，人会有这种欲望的——他笑道——人会自欺欺人的。"

一阵激动油然而生。她大概不太清楚自己怎么了，究竟是这一恐惧在她身上不由自主地回复了呢，还是她不知道正在活动的某种企盼心理在起作用。她瞧瞧房间，说道：

"真奇怪，我仿佛来到某个地方，好像我早就期待着来到这地方似的。"

他问她为什么同意到卧室里来。她说，任何女人都会不问为什么就接受这萍水相逢和无望的结合的。她和那些女人一样，她也不知道为什么。她问：他是否明白了一些东西？

他说，他对女人从来没有过梦想，他从没想到女人是一个可以爱的对象。

她说：

"这是一件可怕的事情。如果我不认识你，我永远不会相信。"

他问，这是否像不信上帝那样可怕。

她想是的。令人可怕的事实是，人得无止境地面对自己。但是也许就是这样，人才能最好、最自在地经历绝望，那些没有后嗣的男人就是这样，失去了希望还蒙在鼓里。

他问她是不是愿意离开这座房子。她对他微微一笑，说不，她大学还未开学上课，她还有时间呆在这儿。我谢谢你的好意，她说，可我不走。再说，钱呢，我对钱不是无所谓的。

她走过来，卷起被单，捧到房间幽暗的地方去。她整个身躯裹在里面，就靠着墙脚睡在地上。始终是疲惫不堪。

他仔细瞧着她重复着同一些动作，同一个错误。他听任她一错再错。只是过后，等她睡着以后，他才对她说她错了。

他走到她身边，掀开被单，他发现她睡在里面身上很热。只是到了这时候，他才对她说，应当到屋子中央的灯光下去。她也许以为，他所希望的，是首先让她做错，然后可以提醒她应该如何去做。

她醒来了。她瞧着他。她问：你是谁？他说：回忆回忆吧。

她开始回忆。她说：你就是那个正在海滨酒吧间死去的人。他又说，她应该到房间中央的灯光下去，这是合同上写明的。她顿时目瞪口呆。她觉得，如果他仅仅知道她人在这里，却看不见她，那岂不更好。他没有回答。她做了，走到了灯光下。

不过，她接连好几次都走去用被单裹住身子，睡在墙脚。可是他每一次都把她拉回到灯光下。她听任他把自己拉回去。她照他说的做，她走出被单，睡到灯光下。

他永远不会知道，她是否真的忘了，还是她有意和他作对，对他将来的行为有一个限制。将来会怎么样，他们还一无所知。

她睡醒以后经常不知所措，忧心忡忡。她每次问的都是这所房子是怎么回事。他呢，他对她的问题不作回答。他说这是冬天来临前的夜晚，现在仍然是秋天。

她问：这是什么声音？

他说：是大海，它就在那里，在屋子的墙外。而我就是有一个夏天的晚上你在海滨酒吧间遇见的那个人。也是那个付了钱的人。

她知道，可是她记不起她为什么会在那儿。

她瞧瞧他。她说：你是那个灰心绝望的人。你不觉得我们记不清楚了吗？他突然也觉得记忆确实模糊了，很难再想起。说的是，为什么充满绝望？他们突然惊奇地发现，他们在对视。突然他们都看清了对方。他们一直对望着，直到想说说海滩却欲言又止，直到目光躲避，眼睛合上为止。

她希望听他说他如何喜欢那位失去的情人。他说：超乎他的力量，超乎生命。她希望再听他说这话。他又说了一遍。

她用黑丝巾蒙住脸，他躺在她身边。他们的身体一点儿也没有接触。两人同时保持不动。她用他的声音重复着：超乎他的力量，超乎生命。

蓦然，这同一个声音出现了，速度同样缓慢。他说："他瞧瞧我。他发现我在大厅窗户外面，他对我瞧了多次。"

她坐在黄色灯光下。她眼睛注视着他，她听着。她不知道他说些什么，一点儿也不知道。他继续说：

149

"他走到一个女人身边，那个女人打了个手势示意他跟她走。我就在这时发现他不愿意离开大厅。她挽住他的手臂，把他带走了。一个男人绝不会干出这种事情。"

声音改变了。缓慢的语速消失了。说话的已不再是刚才那个人。他喊着，他对她说，她那么瞧着他，他受不了。她不再看他。他喊叫着，他不愿意她躺着，要她站着。只有听完了那个故事，她才能出去。他继续说他的故事。

他没有看见他走近的那个女人的面容，她脸朝着那个外国小伙子。她根本不知道有人在那里窥视他俩。她穿着一件浅色的连衣裙，对，是这样，是白色的。

他问她是不是在听。她在听，请他放心。

他继续说他的故事：

"正因为他死死地盯着我，所以她才叫他了。她得大声叫唤，才能使他转过身去不再看我。突然间，我们被分开了。他们两人从大厅面朝大海的门中消失了。"

他忍着不让自己哭出来。他哭了。

他说：

"我到海滩上去找他。我已经不再知道我在干什么。然后我又回到花园里。我一直等到夜晚。直到大厅熄了灯我才走的。我到那家海滨酒吧间去了。我们的故事一般很短，我从来没有碰到过这种事情。那种形象印在这里——他指着他的头和心——根深蒂固。我和你一起关在这所房子里，是为了不忘记这个故事。现在你知道真相了。"

她说：真可怕，这是什么故事呀。

他描绘着他的英姿。他闭上眼睛，画面便又一次清晰地浮现出来。他又见到红色的晚霞，夕阳映照中他那蓝得可怕的眼睛。他又见到情人均有的白皙的皮肤。黑色的头发。

有人一度叫喊了一声，但是那时候，这样的叫喊声，他还没有经历过。所以他不知道是不是他叫了一声。他甚至都不敢肯定是不是一个男人叫了一声。他只顾注视着大厅里的一群人。突然间响起了这声叫喊。不，再想一想，这声叫喊不是从大厅里传来的，而是来自远得多的地方。它充满了过去、欲望等各种各样的回声。叫喊的大概是个外国人，一个年轻人，只为寻寻开心，也许是为了吓吓人。随后那个女人就将他带走了。他找遍了城市和海滩，没有找到他，那女人仿佛把他带到了远方。

她又问他：钱是为什么的？

他说：为了偿付。为了按照我的决定，支配你的时间。为了我什么时候愿意就把你打发走。也为了事先就知道你将服从于我。为了让你听我的故事，包括我编造的故事和真实的故事。她说：也为了睡在平潮的性器上。她把剧本的台词说完：也为了在这里哭几回。

他问黑丝巾是干什么用的。她说：
"黑丝巾和黑尸袋一样，是用来装死囚的脑袋的。"

听剧本的朗读，男演员说，应当始终保持一致。一静场，就马上读剧本，这时候演员们必须洗耳恭听，除了呼吸以外，要一动不动，仿佛通过简单的台词，逐渐地总有更多的东西需要理解。

演员们看着故事的男主人公，有时候他们也看着观众。有时候他们还看着故事的女主人公。不过，这些决不是随心所欲的。

应当让人感受到演员们投在女主人公身上的那种视而不见的目光。男人和女人之间的突发事件没有任何预兆，丝毫没有显露出来。因此，朗读剧本时要像在演历史剧。

朗读到剧本这一段或那一段的时候，不能流露出任何特殊的感情。也不能有任何动作。只能对心里话的泄漏表示激动。

  男人一律穿白色服装。女人裸体。让她穿黑色服装的想法放弃了。

  她对他说，她属于那种喜欢晚上沿着海滩散步的人。他稍稍往后一退，似乎对她说的话表示怀疑。接着他对她说，他相信她的话。他问：除了这些过夜，除了这爱情，她究竟是什么人？除了这些过夜，除了身处卧室，她是什么人？

  她用黑丝巾遮住脸。她说：我是一个作家。他不知道她是否在笑。他不问。

  他们相对无言，两人都在心不在焉地听对方讲话。他们提出问题，却不等回答。他们在自言自语。他在等她说话。他喜欢她的嗓音，这他对她说了，别人说话时他不一定都在听的，可是对她却不，他总是听她的嗓音。促使他请求她到房间里来的，正是她的嗓音。

  她说有朝一日她要写一本关于这个房间的书。她觉得这个地方似乎由于粗心，竟像个封闭的剧场舞台，原则上是不能住人的，地狱般的让人难以忍受。他说他搬走了家具、椅子、床和个人用品，因为他不放心，他不认识她，以免她行窃。他又说现在却恰恰相反，他总是担心她趁他熟睡的时候，独自离去。和她一起关在这个房间里，他没有与他，那个蓝眼睛黑头发的情人完全分开。他觉得他就是应当在这个房间里，在这种舞台灯光中寻找这一爱情的起始。这爱情远在她以前，在他受罚的童年的夏日就已存在了。他无法对自己解释。

房间里一片沉静，公路、城市和大海都没有一丁点声响传来。夜到了尽头，月亮消失了，到处是一片清澈和漆黑。他们害怕。他眼睛看着地上，谛听着这可怕的寂静。他说，大海到了平潮的时分，上涨的海水正在汇合，事情正在形成，现在很快就要发生，但夜晚这个时候是看不见的。他总是伤心地发现这类事情从来没有亲眼见过。

她看着他说话，双目圆睁却又藏而不露。他看不见她，他站着的时候目光总是对着地面。她吩咐他闭上眼睛，装出盲人的样子，回忆一下她和她的面容。

他照吩咐做了。他像孩子那样，使劲闭上眼睛，久久不睁开。然后恢复原样。他再一次说：

"我一闭上眼睛，就看见另外一个我不认识的人。"

他们相互避开目光。她说：我在这里，就在你的眼前，你却看不见我，这真叫人害怕。他说话很快，想把恐惧堵住。他说这大概与夜晚这个时分大海的变潮也有关系，连过夜的事也会结束，他们将成为城市这一头唯一幸存的人。她说不，事情不是这样。

他们又停了良久没有说话。她面对着他。她裸露着脸，没有蒙黑丝巾。他没有抬起眼睛看她。他们就这样久久地呆着一动不动。接着，她离开他，离开灯光，沿着墙壁走动。他问她关于海滩逗留的情况，请她给他解释一下，他什么也不知道，他住到这个城市时间还很短。她说这些人都是不露真容的，以便一起互相渗透、交融并且享受快乐，但他们互不认识，互不相爱，几乎是互不看见的。他们从城里和另外好几处海滨浴场来。他问是否有女人。她说有，还有孩子、狗和疯子。

他说：

"太阳从海平面上升起来了。"

墙根上有一束阳光。阳光是从门下缝隙里透进来的，有一只手那么大，在石墙上颤抖。这阳光生存不到几秒钟，突然间消失了。它用自身的速度，即光速从墙上退走了。他说：

"太阳去了，它来去匆匆，就像在牢笼里一样。"

她又把黑丝巾蒙在脸上。他什么也不知道了，既看不见她的脸，也看不见她的目光。她轻声地抽泣。她说：没什么，是因为激动。他起先不相信这话，他问：激动？接着他自己也说了，用自己的嘴唇发出这个词的音，没有任何疑问，没有缘由：激动。

过了很久她大概才有睡意。太阳已经当空高挂，她还没有入睡。现在他已睡着了，睡得那么深，以至于她走出房间他都没有听见。他醒来时，她已不在。

他坐在她身边，但没有碰到她身体。她睡在被灯光照及的地方。他透过薄薄的皮肤看其内部的力量，看肢体的连接部位。她撇下他一个人。她静极了。她夜晚每时每刻都准备着留在屋里或被赶走。

他叫醒她。他请求她穿好衣服到灯光下去，让他看看。她照他的话做了。她走到屋子尽头，在朝大海那堵墙的阴影里穿好衣服。然后她回到灯光下。她站在他面前让他看。

她很年轻。她穿着白色网球鞋。腰间随便系着一块黑丝巾。黑发上系一根深蓝的饰带，和蓝眼珠的蓝一样不可思议。她穿一条白色短裤。

她站在他面前，他很清楚，她随时可以杀了他，因为他就这么把她弄醒了，也随时可以整夜地站在他面前。他们把一切事情都看成是上帝的安排，都逆来顺受，他不知道这种能耐是从什么地方来的。

他问她的穿着是不是一直像现在这样的。她说从认识他开始是这样的。

"这身打扮好像很讨你喜欢,所以我穿了颜色一样的衣服。"

他久久地凝视着她。她说:不,在海滨酒吧间那晚之前,她从来没有见过他。她觉得遗憾。

她脱去衣服,回到灯光下原来的地方躺下。她目光阴沉,不知为什么在流泪,跟他一样。他觉得他俩很相似。他把这种想法对她说了。她跟他一样,也觉得他们身材相同,眼睛也是同一种蓝色,头发也都是黑的。他们相互笑了。她说:而且,目光中都透出忧郁的夜色。

有时候是他在深夜里穿上衣服。他画好眼睛,开始跳舞。他每一次都以为没有把她吵醒。有时候他系上她的蓝色头带和黑丝巾。

有一天晚上,她问他是不是能够身体不贴近她,也不看她,光用手跟她来。

他说他不能。他跟一个女人根本不能做这样的事情。他说不出她提出的这个请求对他有多大的影响。如果他同意的话，他可能会再也不愿意见她，永远不见她，而且还可能对她有害。他就必须离开这个房间，忘记她。她说，恰恰相反，她忘不了他。如果他俩之间什么也没有发生，那么记忆就将因这没有发生的事而永远让人无法忍受。

她当着他的面，在他的目光下，自己用手跟自己来。在快感之中，她好像叫出了一个什么词，声音很低、很闷、很远。也许一个什么名字，这没有任何意义。他什么也不了解。他认为她体内暗藏着某种秘密的天性，那是没有记忆，没有标记的，天真无邪，任人支配。

他说：

"我希望你原谅我，我没有别的办法。我一靠近你，欲望就消失了。"

她说最近一个时期她也是这样。

他说她刚才说了一个词，像一个外国词。她说她在快感得不到满足时在呼喊一个人的名字。

他微微一笑，对她说：

"我不能要求你把你的一切都告诉我，即使付了钱也不能这么要求。"

她的眼睛和头发具有他所希望得到的情人的颜色：头发那么黑，眼睛那么蓝。这一身太阳晒不黑的皮肤。有一些雀斑，但是很淡，灯光使它们的颜色变淡了。而且她的睡眠也很深沉，使他可以摆脱她在身边而造成的束缚。

脸型非常美丽，在黑丝巾下面分外清晰。

她在动。她又一次把身子露出了被单。她伸伸懒腰，接着就保持伸懒腰的姿势，等到她收回手脚以后，她又保持着手脚收回时的姿势，这舒服的样子有时候来自于极度的疲劳。

他走到她身边。他问她为什么休息，这疲劳是怎么回事。她不作回答，也不看他，只是举起手来，抚摸俯在她身上的他的脸，他的嘴唇和唇沿，抚摸她想吻的地方。那张脸抵制着，她继续抚摸，牙齿紧紧咬住，脸退缩了。她的手垂落了。

他问，她称之为睡眠的是不是他让她每天晚上和他在一起的要求。她犹豫了一下说，也许是的，她是这么理解这件事的，即他希望她留在他身边，但是用睡眠隐藏起来，用黑丝巾来掩盖面容，就像用另一种感情来抹掉一样。

她离开了灯光，来到阴影之中。带黑罩子的吊灯仅仅照亮物体的正面。吊灯的影子造成不同的阴影。蓝色的眼睛、白色的被单、蓝色的发带和苍白的皮肤都笼罩着房间的阴影,这阴影如海底植物一般绿。她在那里,与色彩和阴影融为一体,始终为了一个不知缘由的苦恼而郁郁不乐。生来就是如此。眼睛就是这么蓝。这么美丽。

她说,她正和他一起经历的生活很解决她的问题。她心想,要是他俩没有在酒吧间相遇,她真不知会干什么。只是在这里,在这间屋子里,才真正有她的夏天,她的经历——憎恶她的性器、身体和生命的经历。他半信半疑地听她讲话。她对他莞尔一笑,问他是否愿意让她继续讲下去。他说,她没有什么可以教他的,她所能说的都是一些社会习见。她说:

"我不是在说你。我是在你面前说我自己。问题的复杂在于我自己。你对我厌恶,这与我无关。这种厌恶来自上帝,应当原封不动地接受,应当像尊重大自然和海洋那样尊重它。你不必用你自己的语言再来解释一遍。"

从他紧闭的双唇和眼睛她能看出他在强压怒火。她笑了。她不说了。恐惧有时候会光顾这个房间,可是那个夜晚恐惧更是频频来临。这不是怕死,而是怕受到伤害,好像怕被野兽抓破脸一样。

场内将一片漆黑,男演员说。戏将不断地开

演。每句话，每个词都是戏的开始。

　　演员可以不一定是戏剧演员。但他们必须响亮清晰地朗读剧本，尽一切努力摆脱记忆中已经念过这个剧本的想法，深信对这个剧本一无所知。每天晚上都要做到这一点。

　　故事中的两个主人公占据舞台的中心，靠近舞台灯光。灯光要保持模糊，除了主人公占据的地方，灯光要强烈均匀。在他们周围，身穿白衣服的人影在转来转去。

他不能让她睡着。她在房子里，和他一起关在房间里。可是有时候等她入睡以后，他才萌发不让她睡的念头。

她已经习惯了。她看出他在克制自己不叫出声来。她说：

"如果你愿意，我可以走。过后再回来。或永远不再回来。这是我的合同：留或走，都是一样的。"

她站起身子，叠起被单。他哭了。他没有忍住，抽泣起来。这哭泣是诚实的，仿佛刚刚受了莫大的委屈。她来到他身边，倚着墙壁。他们哭了，她说：

"你不知道你要的是什么。"

她看着这可怕的紊乱不堪的生活把他变得像一个孩子。

她走近他,仿佛在分担他的痛苦。他突然难以认出她来。她说:

"我今天很想要你,这是第一次。"

她叫他过来。过来。她说,那是像天鹅绒一样舒服的事情,是令人飘飘欲仙的事情,不过也不要过于相信,那也是一片沙漠,一件诱人犯罪、逼人发疯的坏事。她请求他过来看看,这是一件令人厌恶、罪孽深重的事情,是一潭混浊的脏水,是血染的水。有朝一日,他必须去做,必须到这块老生常谈之地去翻弄。他总不能一辈子都躲着这件事。以后再来还是今晚就来,这又有什么区别?

他哭了。她又走向墙壁。

她让他一个人待着。她蒙上黑丝巾,透过黑丝巾瞧他。

他等她睡着。接着,他走到这座房子不为别人所知的地方,他经常这么干,回来时手里拿一面镜子,走到黄色灯光下,对着镜子瞧自己。他做怪脸。然后他躺下,立刻就睡着了,头朝外,一动也不动,肯定是害怕她再靠近他。他把一切都忘了。

除了这几天前的目光,我们已经不再知道什么,除了海水的起落、过夜和哭泣,什么也没有发生。

他们睡着，背对着背。

一般都是她先入梦乡。他看着她渐渐离去。忘掉房间，忘掉他，忘掉故事。忘掉一切故事。

那天晚上她又呼叫起来，还是那个受伤了的词，不知道是什么意思，也许是一个名字，是一个她从未说起过的人的名字。这个名字就像一个声音，又阴郁，又脆弱，如同一阵呻吟。

还是在那天晚上，更晚些时候，已近凌晨了，他以为她熟睡着，便对她说了另一个晚上发生的事情。

他说：

"我必须告诉你，你好像对你体内的东西负有责任，你对此一点儿也不知道，我非常害怕，因为这东西表面看不出来，却在里面起着作用，带来变化。"

她没有睡着。

她说：

"不错，我对我生殖器遵循月亮和血流的节律这种天体状态确实负有责任。我面对你犹如面对大海。"

他们渐渐靠拢，几乎碰在一起了。他们重又入睡。

在那天晚上之前的其他夜晚，她从来没有看清他。她不可能已经看厌了他。她对他说：

"我第一次看见你。"

他不明白,立刻变得将信将疑起来。她却情愿他这样。她对他说,他很漂亮,天地间任何动物,任何草木都没有他这样漂亮。他可能不在这里,没有闯进生活的链子。她想吻他的眼睛、性器官和双手,她想安抚他的童年,直到她自己从中解脱出来为止。她说:

"剧本里要写上:头发是黑的,眼睛里充满了忧郁的夜色。"

她瞧瞧他。

她问他发生了什么事情。

他不明白她问的是什么,这引得她笑了。她就让他这样,让他心里略有不安。接着她吻了他,他哭了。当别人使劲瞧着他时,他便哭。她见他这样,自己也哭了。

他发现自己对她一无所知,她姓什么,住在哪儿,在和他相遇的这座城市里干什么,这些他全然不知。她说:现在了解这些太晚了。了解不了解都一样。她说:

"我从现在起跟你一样,已经摆脱了这漫长神秘、不知缘由的痛苦。"

黄色的灯光下是一张赤裸的脸。

她在说那体内的东西。这体内的东西里面像血一样热。也许有可能像到一个异样的、虚幻的地方去那样，悄悄滑进去，一直滑到热血之处，待在那里等待着，没有别的，就是等待，看它到来。

她又说一遍：来一次试试。不管现在还是以后，他总逃不过去。

他听见她也许在哭。他受不了她哭。他撇开她。

她又把黑丝巾放在脸上。

她默不作声了。

这时她别无他求，只要他到平潮的性器上来。她分开双腿，以便让他身处双腿的凹陷处。

他身处分开的双腿的凹陷处。

他的头抵在守护体内那东西的微开的器官上方。

他的脸冲着这件珍品，已经进入了湿润处，呼吸声中，几乎触到了她的唇。他在一种让人潸然泪下的顺从的状态下，双眼紧闭，在那平坦、令人厌恶的性器官上呆了很久。就在这时她对他说她真正的情人就是他，因为他把这件事告诉了她。他从来没有欲望，他的嘴凑得那么近，这难以忍受，但他还得干，用他的嘴去爱，像她那样去爱，她喜欢使她快活的人，她大声说她爱他，她爱这样做，他是谁对她来说无关紧要，就像她是谁对他也无关紧要一样。

她不再叫喊。

他躲到靠门的墙边。他说：

"随我去吧，一切都不管用，我绝对不行。"

她脸朝地俯卧着。她愤怒地叫喊着，竭力克制着自己的动作。接着她不再叫喊，她哭了起来。随后她睡着了。他走到她身边。他叫醒她，要她说说她的想法。她觉得他们若要分手为时已晚。

她转过头去。他回到墙边。她说：

"也许爱情会在这样一种可怕的方式下存在。"

她蒙着黑丝巾，一直睡到天大亮。

第二天她走到墙边。她又睡了整整一夜。他没叫醒她。他没和她说话。她在天亮时走了。被单已经叠好。灯亮着。他睡了，他没有听见她离开。

他留在房间里。恐惧突然消失了。

狂风暴雨。他呆在那里，他没有关灯，他滞留在灯光里。

这天晚上她没来。已经过了她平时来的时刻。他没睡。他等着杀死她，他要亲手杀死她。

她一直到深夜才来，已经接近黎明了。她说是由于暴风雨的缘故才晚到的。她走向靠海的墙边，始终是那个位置。她相信他肯定没睡着。她像往常一样，把衣服扔在地上，急于进入梦乡。她盖上被单，转身对着墙壁。睡意顿时袭来，她睡了。

在她入睡的当口，他开口了。他对她说，她将在预定的逗留时间结束之前被撵走。她似乎没听见他说话，她什么都没听见。

他哭了。

只有当她在这里，在这个只属于他却被她闯入的地方，他才哭。只有在这时，即他希望她只有在他要求时才来这里而她却不请自来时，他才哭。很快，这哭泣变得毫无缘由，一如倦意袭来。他哭泣是因为她，她睡了。有时，她在夜晚暗暗哭泣，悄无声息。

当她裹在被单里睡着时，他一定很想享用这个女人，看看流在体腔里的热血，从中享受到反常的、可鄙的快感。但是这只有在她死去时才办得到，而他已经忘了要杀死她。

他对她说，她在解释晚到的理由时撒了谎。他嘴里老是冒出同一个词：撒谎。证据就是她睡了。他可以尽兴地说，因为她睡了。她像别的女人们一样撒谎,因为她睡了。

他嚷道:明天她将永远离开这个房间。他想清静一点。他还有让警察上门之外的事要干。他要紧闭房门,她再也不能进来。

他要关掉电灯,让她以为里面没人。他要对她说:没有必要再来,不要再来。

他闭上眼睛。他想听,想看:房间里漆黑黑的。下面的门缝里不透一丝光线。她敲门,他没应,于是她大叫开门。她不知道他的名字,她请求他开门。是我,开门。他可以想象出她在城里孑然一身,或置身于过路的人群之中。当她在天黑时分到来时,他已经在想象,他已经这样想象过她。但是他不能想象她站在关闭的门前。她立刻就会明白。她会立刻明白,紧闭的房门是个骗局。也许她一看到没有灯光就会明白。

他在欺骗自己。他重新开始说:不,她不会叫喊,她将不敲门就离去,不再回来。杀人,一去不返,永远消失,如果这一切发生,那便是她的所为。看着她睡觉,他忽然明白了这一点:她不会回来,因为她相信别人告诉她的一切。同样,她睡了,她相信他。

他睡了很长时间。当他醒来时,已经是晌午了。阳光灿烂。无情的日光亮晃晃地透过门缝钻进房间。

她已经不在房间里了。

一阵奇特、异常且伴着恶心的眩晕突然涌上他的脑门。是不幸,却又是他咎由自取。他熟知其中的成分和内容。

他关上了散射出黄光的灯,躺在房间的地板上,几番入睡几番梦醒,他不去大门紧闭的厨房用餐。他没有开门,他呆在房间里。他守着房间,还有孤独。

她到达的时间迫近时,他断定她将自行离去,她应该自觉地意识到,他决不会对她发号施令。

他很想找个人说话。可是什么人也没有,她没在那里与他说话。这痛苦是显而易见的,就在房间里,使脑子和双手都丧失了活动的力量。痛苦平缓了孤独,令他想到他也许会死去。

墙边,是她折叠好的被单。她像受到邀请的客人一样,把被单仔细地堆放在地上。他走向叠齐的被单,打开后把自己裹在里面:突如其来的寒冷。

晚上,她敲着洞开的房门。

> 我们无法知道,男演员说,故事的主角是什么人或者为什么是这些人。

有时，为了能正视他们，就听凭他们长久地处于沉寂之中：在他们周围，是定格不动、悄无声息的演员们；而灯光下的他们，则对这种沉寂惊讶不已。

她经常睡着。而他则注视着她。

有时，在睡意蒙眬中，他们的手碰到了一起，但立刻就缩了回去。

他们被灯光照得目眩眼花，他们一丝不挂，裸露着性器，成为没有目光的、赫然醒目的造物。

接连几个夜晚，除了睡眠以外，什么也没有发生。夏日发生的事件几乎被人遗忘。

偶尔，由于心不在焉，他们的身体互相靠近，互相接触，于是有了几分清醒，但旋即又被睡意带走。他们的身体一旦贴住，便不再动弹。直到两人中的一个转身离去。说不上发生了什么事情。始终不看一眼。没有片言只语。

有时他们也交谈。他们的话题与房间里发生的事毫无关联，涉及房间里的事他们一点儿都不谈。

有时她转过脸去，抵挡着某种外来的威胁，动物的叫喊、刮向房门的风、还有他那矫饰的嘴和温柔的目光。她总是在一次次地昏昏入睡。有时，黎明将近时，她会睡得比任何时候都熟。只感觉得到隐隐约约的呼吸。他有时不免会想象身边是一头沉睡的牲畜。

早晨，他听见她出去了。不过这也是隐隐约约的感觉。他没有动弹。几乎让人相信他在早晨同样睡得很沉。而她就当他真的睡着了那样自行其事。

有时，简直可以说除了这种假象，什么都没发生。

一到晚上，她按时出现在这里，裸露的身子躺在白被单上，在灯光下暴露无遗。

她装出死去的样子，脸上蒙着黑丝巾。这正是他在心情很坏的日子里所想象的。

显然依旧是夜晚。室外没有一丝光线。他绕着白被单走动，转身。

大海逼近了房间。早晨想必不远了。紧临墙围的正是永无倦意的大海。正是它那迟缓、外露的喧哗带来了死亡。

她睁开了双眼。

他们没有对视。

如此持续了好几个夜晚。

没有任何外在的定义可以说明他们正活着。没有任何方法可以避免痛苦。

她在睡。

他在哭。

他为夏夜遥远的印象哭泣。他需要她,他需要她在房间里为蓝眼睛黑头发的外国小伙子哭泣。

房间里没有她,印象就会贫枯乏味;她榨枯了他的心、他的欲望。

他看不见那身体。只因为它套上了白衣服,一件白衬衫。

苍白,他很苍白。他来自北方,那神秘的国度。

身材高大。

嗓音,他不知道。

他不再动弹。他重又从旅馆的花园走到大厅的窗前。

他闭目谛听。他听见了喊声,始终弄不懂其中的含义。等他睁开眼睛时已经太晚了:蓝眼睛的人悄然走向敞开的窗户。

在她面前,他没有谈及他。他没想到要这么做。他不谈他的生活。他从未想过可以这样做。他不知该使用什么字眼或句子。对他们来说,他们发生的事不外乎是沉默或笑声,有时会和她们一起哭泣。

她看着他。他不在时她就是这样注视他的,正如他在场时一样。充满无声的形象,痛苦不堪,急于找寻一件失落的东西,并且购得其中一件他还没有的东西——一下子变成生存原因的那套服装、那块表、那位情人、那辆车。无论他在哪里，也不管他干什么，灾难唯独和他难舍难分。

她可以接连几夜久久地注视他。他发现她的眼睛睁着。他朝她粲然一笑，好像他终于摘下面具，尴尬不已，没完没了地为活着，为要活下去而抱歉。

她为了让他高兴才说话。

她说她夏天住在城里。她住在离此地不远的一座大学城里，她就是在那里出生的。她是个外省人。

她很喜欢大海，尤其是这一片海滩。她在这里没有房子。她住在一家旅馆里。她喜欢这样。夏天，太好了。有家务活儿、早餐和情人。

他开始倾听。他是个能自始至终不动声色地听别人讲话的人。这一点让人觉得无法理解。他问她是否有朋友。不错，她有朋友，在此地以及她冬天居住的城里都有。都是老朋友吗？有一些，不过大都是她在大学里认识的人。因为她在上大学？是的。她专攻自然科学。对了，她还是自然科学代课老师呢。她叙说着。他说他明白了，她在从事高等研究。她笑了。他也笑了，觉察到他俩之间默契如此之深他竟不好意思了。忽然，他见她不再有笑容，她离开了他，她注视着他，似乎他值得崇拜，或者已经死了。随后她又返回。她的目光里残留着一线她适才流露出来的迷惘。

他们没有谈及这种恐惧。某种事情的发生，她不如他清楚。他们彼此长久地远离对方，试图找回互相注视时的感觉，那种他们还没有经历过的担忧。

他很喜欢她那疯狂错乱的念头，有了这个念头，她才住到这房间里来，并收下了钱。他知道她有钱，他懂得如何窥破那些秘密。他对她说，如果他开始爱上她，那正是因为这一点——主要是由于她的富有和疯狂。

似乎是为了反驳所有这些话，一天夜里，她在他的手腕上发现了不少剃须刀的细痕。他从未谈及过此。她哭了。她没有唤醒他。

第二天，她没到房间里来。直到第三天，她才回来。他们闭口不谈前一天她为何没来。他没问她。她什么也没说。

她将重新回到房间里来，就像她在发现他手臂上的伤痕之前所做的那样。

大海的喧嚣声已经远去。离天亮还很远。

她醒了，问他是否还在黑夜。他说是的，仍然是黑夜。她久久注视着他，她知道他没睡好。她说：我又睡了好久。

她说，如果他愿意，他可以在她睡着时和她说话。如果他很想让她听他说话，也可以把她叫醒。她已经不像在海滨酒吧间时那样累了。只要他想，在她睡着时，他同样可以吻她的眼睛和双手，一如那次在酒吧间里那样。当她在沉沉的黑夜重又入睡时，他会这样做的：

撩起黑丝巾，她的脸裸露在灯光下。他将用手指触摸她的嘴唇，还有她的阴唇，他将吻她闭合的眼睛，蓝色的眼影粉将从他的指间消失。他还将触摸她身上某些令人厌恶的、罪孽深重的部位。她醒来时，他会告诉她：

"我吻了你的眼睛。"

她重又睡去，依旧把黑丝巾蒙在脸上。他靠墙躺下，等待睡意袭来。她重复着他说的那句话，声调里充满了对他的温情柔意：我吻了你的眼睛。

半夜里，她仿佛受到了惊吓。她直起身子，她说总有一天那些约定的夜晚次数会被超过，而他们却不知晓。他没听见。睡着时，他听不见。她重新躺下，却难以再入梦乡。她看着他，看着他，无休无止。她和他说话，为听到她向他倾诉的这种爱而哭泣。

他在房间里沿着墙，绕着白被单走动。他请求她别睡。

不要蒙黑丝巾,裸露在那里。他围着身体走动。

有时,他额头抵着冰凉的墙,波涛汹涌的大海凶狠地撞击着这堵墙。

她问他透过墙听见了什么。他说:

"一切。喊声、撞击声、爆裂声、人声。"

他还听见了诺尔玛[1]。她开怀大笑。他停下了脚步。他看着她笑,对她的笑声十分惊异。他靠近她,呆呆地望着她笑,笑,笑,把他们的整个故事全汇入疯狂的笑声里。

她问他:是谁在唱诺尔玛?他说是卡拉斯,只有她才唱贝利尼的作品。她问他:此地,清晨四点钟,谁能在那儿唱诺尔玛呢?他说是海滩边汽车里的人唱的,她只管听就是了。她听了听,继而又笑着说:什么也没有。于是,他告诉她,如果她想听诺尔玛,是有可能办到的。房子里有一架电唱机。她不置可否。他关上房门出去,不一会儿卡拉斯的歌声响彻房间。

他回到房间。他关上了房门。他说:我从不敢强加于你。

当他听着诺尔玛时,她吻着他的手,他的胳膊。他任其为之。

---

[1] 意大利歌剧作曲家贝利尼的代表作,卡拉斯以演出此剧而出名。

突然，他猛地走到外屋，关掉了唱机。他走出门去。

他来到露台上。月亮已经隐去。天上没有一丝流云，可以相信天是蓝色的。正是低潮时分，海滩延伸到航道护堤以外，那儿成了一片坑坑洼洼、孔穴四布的荒原。过往路人大都沿着海边行走，特别是男人。也有一些人贴着房间外墙走。他们目不斜视。他一直没弄清他们上哪儿去，他以为这些人是去附近的渔场和市场上夜班的。他很早便离开了这个城市，那时他年幼无知，不谙世事。他很长时间一直在外。只是不久前他才回到这里生活，总共才不过几个月。他定期离开这里，始终是出于感情方面的原因。直到如今他总是来去不断。他只有这幢房子，他从未在别处寻找归宿。

他想起来了：当他远离此地时，他从不看海，即便大海就在门前。

他什么也不干。他是个无所事事并以此虚度全部光阴的人。也许她，她知道他不工作。一天，她告诉他，这个城市里很多人都不工作，他们靠出租消夏别墅为生。

行人始终来来往往：有些人去城里，他们朝着河口走去，他们是回城的人。其他的人走向纵横交错的石铺的小径，灰濛濛的一片。他们像回城的人一样走着，一无所视，一无所见。

远处，在北面的地平线上，隐约可见一个堆满石块的地方。那是石灰岩小山脚下的一堆晦暗无光的石块。他想起来了，那里有千疮百孔的浴场更衣室，和一座倒在悬崖边的德国要塞。

房间里，她坐在散射出黄光的灯下。有时，就像今天晚上一样，当他从露台回来时，他忘记了房间里还有这个女人。

他想起她今晚来得比往常迟了一点，他没有对她谈及此事。他很忧虑，并非因为他忘了向她提起她晚到的事，而是因为这迟到毫无必要，来日她可能到得更晚，尤其在他相信自己开始爱上她时。

她伫立在灯光下，身子转向门口。她看着他像往日一样走进房间，如同第一次来到这海滨酒吧间一样激动。身上一丝不挂，腿像青少年一样修长，目光犹豫，带着难以置信的温柔。他手里拿着眼镜，没看清她。

他说他在海边看过往行人，就像她将在书中写的那样。他没有离开。他不再像过去那样出走。几天来，他已经不想再离开了。

和她一起在房间里，他养成了夜间上露台去看大海的习惯。

他们常常缄口不语，静默良久。

她首先开口说话，因为沉寂使她不安。

确实，什么都听不见了，甚至连熟悉的伴着风声的涛声也消失了。他说：大海很远，风平浪静，不错，什么都听不见。

她看看四周。她说：谁也无法知道在这个房间里发生的事。谁也不能预料将要发生的事。她说，有两件事对那些注意他们的人来说是同样可怕的。他惊奇地问：谁在注意他们？城里的居民，他们分明看见这屋子里有人。透过关闭的百叶窗，他们瞥见了灯光，于是就寻思起来。什么，他们感到奇怪？是否要报告警察？警察问：你们为什么在那里？而他们无言以答。就是这么回事。

他说：有一天我们将不再认识。房子很快会没人居住，被卖掉。我不会有孩子。

她没听他说话，她自顾侃侃而谈。她说：

"也许某个局外人会了解房间里正在发生的事。那人只消看见他们睡觉，就能从睡眠时的身体姿态知道房间里的人是否相爱。"

她也觉得已经太晚了，他们每天睡得都太久了。她没说那为什么，既然他们什么也不指望。她说的是另一回事：她说他们需要花时间思考自己，想想他们的命运。

她希望他替她回想刚才她醒来时说过的话。他半睡半醒地开口说，记不清她到底说了些什么。可这时她想起了一个和她相像的女人的声音，一句复杂的、苦楚的、让她觉得有切肤之痛的话；她并未完全理解这句话，这句话使她潸然泪下。

她想起了她睡着时说过的话。她谈到了在房间里度过的时间。她很想知道如何表达这种欲挽留那脸贴脸、身贴身的时光的愿望。她说，她谈及在事物之间、人之间的时间，这种时间为其他人所不屑，在他们，在那些无药可救的人看来，这种时间无足轻重。但她认为，也许正是由于不谈及时间，才产生了她企图获得这一时间的愿望。

她哭了。她说，最可怕莫过于忘却情人，忘却这些蓝眼睛黑头发的外国小伙子。他呆若木鸡，目光回避。她躺下来，用被单盖住身子，把脸藏在黑丝巾里。他想起来了，在这种不时唤醒她的奇特的谈话中想必正是时间在流逝。

她侃侃而谈。

晚上，她常常这样。他全神贯注地听她所讲的每一句话。这天夜里，她说他们一旦分手，就再也记不起任何一个奇特的夜晚，再也记不起与其他话、其他印象不一样的任何话语和印象了。他们铭记在心的只有空荡的房间，黄色灯光下的景象以及白被单和墙壁。

他躺在离她很近的地方。他没有盘问她。她突然变得疲惫不堪，泪水涟涟。他说：我们也会记得黑丝巾、恐惧和夜晚。他说：还有欲望。她说，不错，记得我们彼此毫无动作的欲望。

她说：我们在自欺欺人。我们不愿知道房间里发生的事情。他没有问她为何如此疲倦。

她翻了个身。她傍他而卧，却不去碰他，脸上依然遮着黑丝巾。

她说：今晚来到他这儿之前，她和一个男人在一起，她怀着占有他的欲望恣情享用了那另外一个男人，这使她疲乏不堪。

有很长一段时间她对他一无所知。于是他说话了。他询问那个男人是怎样的一个人，他的名字，他的魅力，他的皮肤，他的性器，他的嘴，他的叫声。直到黎明他还在问。最后，他才问起他眼睛的颜色。她睡了。

他望着她。乌黑发亮的环形鬈发里闪现出和睫毛一样的红棕色。蓝色的眼睛。从头到脚,以鼻子和嘴为轴线,她的身材非常匀称,整个身体是这种匀称的节奏、力量及柔弱的再现。美人。

他告诉她,她很美。他从未见到过这种美。他对她说,第一天晚上,当她出现在房门口时,他为她的美而落了泪。她不想知道这些,她听不见别人所说的这种不幸。

他向她重提三天前她已经有过比平时晚到的情况。他问她是否因为那个男人。她努力回忆着。不,那不是他。他说的那一天,他和她在海滩上攀谈。今天他们是第一次双双去旅馆的房间。

从那天晚上起,她比以前来得更晚了。她自己并不说明为何迟到。只有他问她时,她才说出原因。就是因为那个男人。她和他在下午见面,他们一起待到讲定的时间,即她到这个房间里来过夜的时间。那男人知道他,她对那男人谈起过他。他也同样强烈地感受着她对另一个男人怀有的欲望。

当她对他谈起那个男人时,她的眼睛始终盯着他。她常常一直谈到困倦为止。

倘若她睡着了,他可以从她半合的嘴和不再在眼皮下眨动、突然在脸上消失的眼睛里看出来。于是他把她轻轻放在地上，放在他视野可及的地方。她睡着了。他看着她。他轻轻地替她蒙上黑丝巾，看着她的脸。他一直看着她的脸。

这天晚上，她的化妆眼膏被另一个男人的吻抹净了。睫毛恢复原样，露出了枯草般的颜色。她的乳房上有轻微的咬痕。她的双手平摊，有点儿脏，手的气味也变了。

正像她说的，那个男人确实存在。

他唤醒了她。

他向她提出了一连串的问题：你从哪里来，你是什么人，多大年纪，叫什么名字，住在何处，以何为生。

她一言不发。既不说她从哪里来，也不说她是谁。她没有说出自己的名字。

完了。他不再追问。他说起别的事来。

他说：在你的头发里，在你的皮肤上，有一股陌生的香味，说不上是什么。

她垂下眼，说出了原委。不仅有她自己的气味，还有另一个男人的气味。如果他愿意的话，明天她只带着那个男人的气味来，如果他希望这样。他没有回答是否希望如此。

一天晚上，他问她为何来到海滨酒吧间他的桌边。为什么她接受了度过不眠之夜的合同。

她思索着。她说：

"因为从你一走进酒吧间，从你那时的状态，那种平静的忧伤——想必你还记得——看得出你想去死；而我呢，也想以这种戏剧性的、外露的方式去死。我愿和你一起去死。我对自己说：把我的身体和他的身体贴在一起，等待死亡。正如你或许会想到的那样，我受过的教育本该让我相信你是个流氓，我本该害怕你；可你在哭，我只看到这一点，于是我就留了下来。那是在上午，在那条国道上，当你提出要我收钱时，我仔细地观察了你。我注意到你那小丑式的装束和眼睛周围的蓝色眉墨。于是我确信我没有弄错，我爱上了你，因为，与人们教育我的恰恰相反，你既不是流氓，也不是杀人犯，你是个厌世者。"

他相信他从这种微笑中看到了泪水在滚动，看到了失神的目光；目光里有一种新的虚伪，这虚伪终于在事情开始后的半个月后出现了。他为之惊恐不安。

她说：

"我不了解你。没人能了解你，没人能设身处地地站在你的位置上，你没有位置，你不知道在哪里找到一个位置。正是由于这一点我爱上了你，而你陷入了迷途。"

她合上了眼睛。她说：

"在这个海滨小屋里,你像一个没有后嗣的人那样惶惶不可终日。在这个酒吧间里,我看见你想获得这名声,这身份,我在生命的一段时间里和你在一起——正值青春年华——那时我觉得这迷了路的人似乎就是自己人。"

她停住了,看了看他,然后告诉他,在刚见面的时候,她就知道她开始爱上他了,正如人们知道自己开始死去那样。

他问她是否已适应死亡。

她说她认为是的,因为这是人们最能适应的事。她说:

"在这以后,在黑夜结束时,要拒绝已经太晚了。想不再爱你为时已晚。你认为钱能证实死亡,你付给我钱,为了使我不再爱你。而我,从这些计谋中,我只看到你还很年轻,你的那些钱根本不管用。"

他想知道城里的那个男人。

她告诉他:他们每天下午在他按月租下的一家旅馆房间里见面,在那里度过白天。他们一直待在那个房间里,直到讲定的时间。有时他没来,她就睡上一觉,这就是她迟到的原因。通常总是他把她叫醒的,要是他不在,她就不醒。有时,一从这个房间出去,她就直接去旅馆,在那里一直待到第二天晚上。

她告诉他,她辞去了教师的职务。他朝她嚷嚷起来。他说，这是蠢事，发疯。我不会供养你，你别指望。她大笑不止，最终他也和她一起笑了起来。

他躺在她身边。她闭着眼，蒙着黑丝巾。她抚摸着眼睛，眼眶，嘴，面颊，额头。她盲目地试图通过皮肤、骨骼来寻找另一张脸。她说起话来。她说经历这种爱情和生活在印第安人广袤的土地上一样可怕。接着她叫喊起来。

似乎被灼痛一般，她把手从房间里的男人脸上缩了回去，她离开他，跑到靠海的墙边。接着她叫喊起来。

她抽泣着。她面临的是她刚刚发现的生存理由的得而复失。

事情随着死亡的突然降临而发生。

她用很低的、含糊不清的声音呼唤着一个人，仿佛那人就在这里，她似乎在呼唤一个死去的生命，就在大海的那一头，大陆的另一侧，她用所有的名字呼唤着同一个男人，回声中带有东方国度呜咽般的元音，这声音在这夏日结束时从岩石旅馆的屋顶传出。

她为这个遥远的他，为这个男人哭泣，与其行止毫不相关，她只关注整个故事，她为不存在的故事而哭。

男人重新成为房间里的男人。他孤单一人。起先，当她叫喊时，他没有看她，他站起来走开，逃跑了。后来他听到了名字。于是他慢慢地回到她身边。他说：

"奇怪的是，我想代替你来回忆，这似乎是可能的；我觉得可以办到，重现情景、场所、对话……而与此同时我也知道这是不可能的，因为……一件如此可怕的事情，要我忘记它，简直不可思议。"

他的话好像没有说出口似的。她依然背对着他，脸朝着墙，她要他走。她要求他去那房子，让她独自待着。

整整一天，她一直待在房间里。

当他回到房间里时，她身穿白衣服站在敞开的门口。

她微笑着，她说：

"真可怕。"

他问什么事可怕。她说：

"我们的奇特故事。"

他问她发生了什么事。她说，她抚摸的是他的脸，可是，也许她并没意识到这一点，她在不知不觉地寻找另一张脸。她的手突然摸到了另一张脸。

对于她说出的原因，他并不在意。她说：

"我实在弄不明白，这就像一种幻觉，所以我才如此害怕。"

她说他俩双双卷入了一本书里，书至末尾，他们将回到城市的荫蔽中，再度分手。

她轻松地谈起故事的插曲来。她说：

"这很可能发生在远离此地的某个外国，时间是很多年以前的一个迷人的夏天；而对你来说假日那要命的惆怅使你悲伤落泪，如果不再去想它，它便被忘却，永远地忘却，然而却又因第一次突如其来的疯狂的爱而意外地重现。"

他说他已开始忘记那个蓝眼睛黑头发的外国小伙子的眼睛。有时，醒来后，他甚至怀疑这故事是否存在过。因为她是在不为她所知的情况下寻找这张脸的，外国小伙子的脸想必掩盖了另一张脸。他说，他至今还记得的那张丧失理智的脸，现在，在他看来那张脸是怀有敌意的，粗野的。

她告诉他，也许她一直想爱的就是他，一个假情人，一个不爱的男人。

他说：

"在认识我之前就已经是我了。"

"是的，像剧中的角色那样，甚至在知道你的存在之前。"

他感觉到一种不安。他不喜欢别人谈这些，谈有些事情。他说，他们谈的是他们不了解的东西。她对此没有把握。她说：

"你搞错了，也许这不是真的。我以为人按某种方式认识一切。正视死亡吧，我们对它很熟悉。"

他久久地待在黄色的灯光里一动不动，愣愣地想着这些可怕的话。他要她靠得更近些。她照办了，她紧靠着他的身体躺下，但一点也没碰到他。他问她，她摸到的是不是一个死人的脸。

她迟疑了一会才回答。她说不，肯定不是。

他希望她到灯光下来。她还不能过来，她请他别管她。他不让步，他质问她，而她则回答：

"你为什么叫喊？"

"因为我以为是上帝的惩罚。"

他们睡着了又醒来，他还在问这爱情是怎么回事，是怎样存在下来的。她说：

"就像一种有始有终的爱情，在已经遗忘它时却无法忘却，其他的我就不知道了。"

她说，他们应该继续一如既往地生活，身处荒漠，但心里铭记着由一个吻、一句话、一道目光组成的全部爱情。

她睡了。

他说：这是一个宁馨得出奇的夜晚，没有一丝风，全城的人都在室外，大家只谈微温的空气、殖民地的气温、春天的埃及、南大西洋上的群岛。

一些人望着夕阳，大厅就像一只搁在海上的玻璃笼子。大厅里，有一些带着孩子的妇女，她们谈论着夏日的夜晚，她们说这很难得，整个夏季也许只有三四次这样的机会，应该在死之前及时享用，因为我们无法知道上帝是否还会让我们经历如此美妙的夏天。

男人们都在旅馆外面的露台上，他们的话语和大厅里的妇女一样清晰，他们也在谈论以往的夏季。同样的话，连声音也相同，轻飘、空渺。

她睡着。

"我穿过了旅馆的花园，来到一扇洞开的窗户旁边。我想到露台去和男人们在一起，可我不敢，我呆在那里看着女人。真美，这大厅朝向大海，正对着太阳。"

她醒了。

"我来到窗户旁不久就看见了他。想必他是从花园门进来的。我看到他时，他正穿越大厅。他在距我几米远的地方停了下来。"

他微笑着，想开个玩笑，可是他的手在颤抖。

"事情就在这时发生了。我没对你说起过的爱情就在那儿。我在那儿永远永远地看见了一个蓝眼睛黑头发的外国小伙子，为了他，那天晚上我想在海滨酒吧间当着你的面去死。"他微笑着，他说着笑话，可仍然在颤抖。

她望着他，重复着那句话：一个蓝眼睛黑头发的外国小伙子。

她微笑着，她问：你已经对我说过的那个人，他和那个穿白衣服的女人一起走了？

他肯定地说：是这样。

她说：

"那天晚上，我经过大厅，就几分钟，为了和一个要离开法国的人会面。"

她想起了大厅里的妇女的声音，还有关于行将逝去的那个奇妙的夏夜的话语。

可是，对于那个夜晚本身，她记不起来了。

她思索着。对了，她想起了对难得的夜晚的一致赞叹，人们像谈论一件超越死亡的事情一样，预备日后说给孩子们听。而她，她本该藏起这个夏夜，使它烟消云散。

她沉默了很久。她哭了。

她说，她尤其记得透过岩石旅馆房间的窗帘看到的血红的天空。那时她正在房间里和一个不认识的、蓝眼睛黑头发的外国小伙子交欢。

他也哭了。他静默下来。他从她身边离去。

她说，夏天有很多外国人到这个海滨胜地来学法语，他们都有着黑头发，有些人的眼睛是蓝的。她补充道：你没注意到，那晦暗的脸色就像某些西班牙人对不？是的，他注意到了。

他问她，夜间的某一时刻，在大厅里，在她附近，是否还有一个只出现了几秒钟的白衣青年，另一个蓝眼睛黑头发的外国小伙子。她问：

"你说是穿白衣服的？"

"我什么都无法肯定。好像是穿白衣服，对，是穿白衣服。很漂亮。"

她看看他，轮到她开口发问了：

"他是谁？"

"我不知道。我根本不认识他。"

"为什么说他是外国人呢？"

他没有回答。她哭了，泪眼里向他露出笑意。

"因为他将一去不返吗？"

"也许是。"

他也挂着眼泪向她微笑。

"为了更加失望。"

他们哭着。他问：

"他真的走了？"

"是的。他也永远离开这里了。"

"你有过一个故事。"

"我们在岩石旅馆的房间里整整待了三天。后来,他出发的那天来到了,在我对你说的那个夏日,除了在大厅里的那几分钟,我什么都没看见。我先走出房间,他赶了上来。我们迟到了。"

他犹豫着。他请求她把这些事告诉他。她对他说:

"不。他喜欢和女人在一起。"

他说了一句说教的套话:

"迟早他会回到我们中来的,他们都会回来,只要耐心等待就行了。"

她微笑着,她说:

"他从不留在房间里。"

他闭上眼睛。他说他又看见了夏日照耀下的大厅。他问:

"他不愿意离开你,是吗?"

"是这样,他不愿意。他不愿意。"

"你说的罪孽就是这个?"

"不错。"

"你们的分离。"

她没有看他。她说:是的。她说:

"为什么？看着吧……我不知道。我还不明白，也许永远不会明白。也许是因为美，惊人的、难以想象的美。还有，这种深沉的美仿佛有一种永恒的意义，特别是当它破碎时。和人们想象的相反，他从北方来。来自温哥华。我想他是犹太人。他对上帝的看法很坦率。"

她说：也许是幸福的观念，是恐怖。

她说：或者是过于强烈的、可怕的欲念。

他告诉她：

"在熟睡时，你偶尔会吐出一个像名字一样的词。那是在临近早晨，只有离你的脸很近才能听见。只不过是一个词，可我觉得它像是在旅馆里的一声叫喊。"

她告诉他这个词。这个词是她用来称呼他的一个名字。在最近一天，他也用它来叫她了。这其实是他的名字，但被她改变了。那天早晨，她在他走向因酷暑而阒无一人的海滩时，写下了这个词。

她看着他入睡。中午时分，她叫醒他，要他再占有她。他睁开眼睛，毫无动作。结果，是她在要他，主动让他交媾，他被她压得痛苦不堪，不得不离开她。就在这时，他用自己的名字称呼她，用被她改变的那个东方名字。

他们最后一次到海滩上去。此后，直到出发，他们再也不知道该干什么了。

他回房间去取行李。她,她不愿意再回到那里。也许就在这时他叫她了,担心她不等他从房间里出来,就离开大厅了。

她想起了旅馆屋顶上传出的叫声。她真想在最后一刻逃走,是那叫声把她留在了大厅里。

他问起他自己是否哭过。她不知道,她不再看他,她想抛弃他。

那一时刻到了。

"我陪他上飞机。这是国际惯例。"

"多大年纪?"

"二十岁。"

"对。"

他看着她。他说:和你一样。他说:

"开始几天,你在房间里睡得很久。正是因为他,因为那个我不认识的人,我才把你弄醒的。"

他们又谈了很久。她说:

"我用他的名字组成了一个句子。这句子说的是一个沙漠之国。一个风的首都。"

"你决不会说出这句句子。"

"以后别人会替我说出来的。"

"句子里的词是什么意思?"

"也许是那天上午面对睡眠的共同命运吧?也许是面对海滩,面对大海,面对我?我不知道。"

他们又开始沉默。他问:

"你还在等一封说他要回来的信吧?"

"是的。我不知道他的名字和地址,可他知道我们住过的旅馆的名字。我通知过旅馆把信封上写有那个词的信转给我。我什么也没有拿到。"

"你为死做好了一切准备。"

她看着他,说:

"我们别无选择。我甚至要去你那里,以便死得痛快些。"

他请求她说出那个词。他闭起眼听她说。他请她再说一遍,再说一遍,她说给他听了,他一直在听。他哭了。他说在旅馆里叫喊的正是她。他一下子就听出来了,就像刚刚听见过一样。她没有否认。她说:这就像你希望的。

他始终闭着眼揣摸那蓝眼睛黑头发的外国小伙子的模样。他说他不懂这个词,他认为这个词,即使他刚才已经听到了——就像听说了蓝眼睛黑头发的外国小伙子和一个女人在岩石旅馆房间里——也是毫无意义的。

现在，她清楚地回忆起夏天，那个夜晚，那些灯光通明，沿海排列的小屋，它们在美的面前会突然鸦雀无声。

他请求她今夜别用黑丝巾蒙住脸，因为他想看她入睡。

他看着曾被蓝眼睛黑头发的外国小伙子交合过的她在睡眠。到了早晨，他谈起她的睡眠，他希望梦见她，他从不梦见女人，他想不起哪个梦里曾出现过女人，即使是在平淡无奇的梦里。

白昼越来越短，黑夜越来越长，冬天到了。日出前的几小时，寒气开始渗入房间，虽说冷得不算刺骨，但却天天如此。他去关闭的屋子里取来了被子。

今天有风暴，大海的涛声近在耳边。一阵巨浪猛烈地冲击着房间的墙壁。整个房间、时间和大海都成了历史。

他谈起要离开法国，到一个气候温暖的国度去。他害怕法国的冬天。他将在明年夏天回来。

她说，每次他提起离开，她就听见死神的恶犬在脑海里和房子周围狂吠。

她问他：去外国干什么呢？他不知道，也许什么也不干，也许写一本书。也许遇见某个人。他等待着临死以前的最后一次相遇。

她睡了。他在她睡着时跟她说话。

她紧靠着他躺在地上。她睡了。他说:

"你是怎么想的我一点都不知道。我无法想象你能承受我所说的事情。我什么都不说。我决不说出真相。我不了解真相。我不会说使人痛苦的话。因为,以后当你痛苦时,我会为我所说的话忐忑不安。"

他犹豫了一下,然后叫醒了她。他说:

"没必要去计算还剩下几个夜晚。在我们分手之前肯定还会有的。"

她对此很清楚:即便这是最后一个夜晚,也用不着说穿,因为这是另一个故事——他们分离的故事的开始。

他不明白她说些什么,他的故事从来就是短而没有结果的。从时间上看,蓝眼睛黑头发的外国小伙子的故事是最长的,这是因为她保存着这个故事的缘故。她认为他弄错了,不管人们是否知道,故事是一直存在着的。他们已经面临世界末日,此时命运已经消失,不再为个人甚至还包括整个人类所感觉。集体之爱,她说,这要靠全世界来滋养,靠世界的大同。

他们笑了。互相看对方笑,使他们快活无比。

她要求他,如果有一天他开始爱她并意识到这一点时,请他告诉她。笑过之后,他们又像平日一样一起哭起来了。

当她离开时,太阳闯了进来,照亮了整个房间。她关上门后，房间在黑暗中晃动不已，他已经开始等待夜晚了。

这天晚上，她到得比平时晚。

她说，天很冷，城里空荡荡的，天空被暴风雨洗得干干净净，几乎是碧蓝的。她没有说明为何迟到。他们身体紧挨着躺下了，沉默了很久。她依然靠着墙壁。他又把她带到醒目的正中央，置于舞台灯光之下。

她掀去了黑丝巾。

她谈起另一个男人。她说：

"今天早上，从这里出去后，我在旅馆里看见了他。我知道昨夜他睡在旅馆里。他早就告诉过我。他在等我。门敞开着。他站在房间最靠里的地方，双眼紧闭，他在等我。是我走向他的。"

他从黄色灯光下走开，离她远些，朝墙走去。他低垂着眼睛不去看她。他俩都本能地装出漠然的样子，彼此不看对方一眼。他等待着，她继续道：

"他问我你我之间是否发生了什么事。我说没有，我说我对你的欲望越来越强烈，不过，我说我没对你说起过，因为你一想到这种欲望会十分反感。突然，我落在了他的手中。我就随他去干他想干的事。"

她说那男的叫嚷着，他失去理智，说他的手粗暴地摸着她的身体，快感毁了他的生命。

她沉默了。他说：

"我要走了。"

她没吱声。她又回到了灯光下她睡觉的地方。她重新在脸上蒙上黑丝巾。她没有歉疚的表示。

他沿墙呆着，一动不动。他没走近她。她大概在想：我就要被永远地赶走了。他要她盖上白被单，说他不愿看。他看着她盖上被单。她盖上被单时就像没看见他似的。他要她看着他。她看着。

她透过黑丝巾瞧着房间，目光呆滞惘然，就像瞧着空气和风一样。她谈着另一个男人。她说她是在到这儿来的头天晚上在海滨第一次看见了这个男人的，他们都看见了对方，仅此而已。后来，她在房子附近又见到了他。她说相逢何必曾相识。是他先来看她。后来一天晚上，他同她攀谈起来。

他不知道她经由海滩过来。她说并不总是这样。她经常抄大街后面的小巷。不过，她到达时仍要转身面向海滩。她说：为了看看海滩。她说：

"今晚，可能是由于寒风和别的事情——她没说是什么事情——的缘故，那些猎艳求欢的人很少。"他们笑了。

自刮风、寒冷天气出现起，她知道靠近石堆那地方发生的事吗？她知道。她一出城就知道。她说：在得知海滩那一角夜里所发生的事之前，她可以说什么都不知道。那儿几乎每夜都有事发生，有朝一日她会因此著书立说。即使看了她写的书，这一认识也可能不甚明了，也许这就是这些书通过这一现象想要告诉人们的，并且被人阅读的。

她很年轻的时候，曾听人说起过露水情欢的事。班上的女孩谈起过那一堆堆的石头和夜里到那儿去的人。有些女孩去那儿让男人们触摸。更多的女孩因为害怕而不敢去。那些去过那儿的女孩，一旦从那儿回来，便同那些不明此事的女孩不一样了。她十三岁那年的一天夜里，她也去了那儿。那儿的人彼此都不说话，事情都是在默默无语中进行的。紧靠着那些石堆，有一些浴场的更衣室。他们面对面靠在更衣室的板壁上。此事进行得非常缓慢，他先是用手指伸了进去，继而便用了他的生殖器。情欲炽热，他说起了上帝。她挣扎反抗。他把她拥在怀里。他对她说不用害怕。第二天，她想对她母亲说她去拜访这些露水情人的事。可是在晚餐时，她觉得她母亲不会不知道有关她孩子的事。那时孩子已经明白她母亲早知道有这个场所。其实，她谈起过这地方，有一次，她说过天一黑就应该避免到海滩上的那个角落去。在那晚之前，孩子可不知道的，就是这个女人自己是否也曾越过赤道进入禁区。她就是从那晚母亲盯着她孩子的目光上、从她们之间的沉默中、从这种心照不宣的眼神里透出的隐秘笑意里得到肯定的。就夜里发生在那地方的事情这一点而言,她俩可平分秋色。

每天晚上,她拖着身子回到房间里,她脱去衣服,置身于黄色灯光中央。她在脸上蒙上黑丝巾。

就在那时,他会假想她熟睡时另一个男人在她身上干那种事:常常造成她身心的创伤,但十分轻微,且是无意中伤及的。这天,男人身上的香水味儿很浓,汗味、烟味、脂粉味使之变异。他揭开黑丝巾,那张脸变了样。

他吻了那双紧闭的眼睛。他没有重新盖上黑丝巾。

她转过身朝着他,他还以为她马上会瞧着他,可是没有,她没睁开眼,她转过脸去。

深夜,离天亮还早,当海滩上的人恣意寻欢之际,她向他提了一个几夜前就想提出的问题。

"你想说为在房间里度过的时间付钱,这是为浪费的时间付钱。这时间是被一个女人浪费的吗?"

起先他想不起来,后来他想起来了。

"也是男人浪费的时间,这些时间对男人来说毫无用处。"

她问他在说什么。他说:

"和你一样，说我们的故事，说房间。"他又说，"房间毫无用处，房间里的一切都是死的。"

他大概弄错了。他大概从来没有考虑过这可以派某种用场。可以派什么用呢？她说：

"你说过房间是用来迫使人呆在里面，呆在你身边的。"

他说这涉及到年轻的妓女时确实是这样，不过这儿的情况并非如此。

他不再花力气去弄个明白。她也不再搜索枯肠。她说：

"这也是用来迫使她们一到讲好的时间就离开，离你而去。"

"也许是。我弄错了，我什么都不想要。"

她久久地注视着他，她用目光把他抓住，把他关在她的体内，直到感到痛苦。他知道这事让他碰上了，而且也知道这事与他无关。她说：

"你也许从来就不想要什么。"

他突然来了兴趣。他问：

"你这样认为？"

"是的，你从来就不要。"

他意识不到是谁在说他或在说别人，意识不到是谁在回答她们打哪儿来，也意识不到他自己。

"这很可能。从来不想要任何东西。"

他等待着，思考着，他说：也许这是事实，我是从不想要什么的，从不。

突然，她笑了。

"如果你愿意，我们可以一起走，我也不想要什么。"

他像她一样笑了，但可以说这是一种犹豫、恐惧的笑，就好像他刚刚逃脱危险或是避开一次他不想碰上却又难躲的机遇那样。

她就是在随之而来的沉默中突然对他说这话的。她说他是她的情人：因为你说过这话，即你什么都不想要，所以你是我的情人。

他猛地做了个用手护脸的动作。随后他的手又放下了。两人都垂下眼睛。彼此都不看对方，也许在看地面，看白被单。他们都怕彼此目光对视。他们不再动弹。他们都怕他们的目光相遇。

她听着，这声音来自那一堆堆的石头和房间前面的海滩。出现了一阵异常的宁谧。他们想起了一小会儿之前有十来个男人靠墙走了过去。突然，哨声大作，还有喊叫声，奔跑声。他说：是警察，还有狗。

话一出口，他的目光转到了她身上。他们的目光刹那间相遇了，时间之短，犹如房间的窗玻璃在阳光下亮光一闪。在这一瞥之下，他们的眼睛被灼烫了，它们立即躲开，并且合上了。内心的骚动趋于平静，又走向了沉默。

她转过脸，蒙上了黑丝巾。他看着她这样做。他说：

"你谎称和那个男人在一起很快乐。"

她没回答：因为是她撒了谎。

他叫嚷着，他问她跟那个男人在一起时有怎样的快感。

她从睡眠中醒来，但她仍闭着眼。她重复道：

"能为此抛弃生命。"

他不再动弹。他的呼吸停止了。他闭上眼睛以便去死。她注视着他。她哭了。她说：

"这是一种令人窒息的快感。"

呼吸又恢复了。他始终一语不发。她说：

"就像跟你在一起时一样。"

他抽抽噎噎地哭着。他把他的快感从自身释放出来。在他的要求下，她看着他干。他呼唤一个男人，他叫他过来，在他只想大饱眼福之际来到他的身边。同他一样，她也呼唤这个男人，她也叫他过来，她凑近他的脸，几乎碰到了他的嘴唇、他的眼睛，早已沉溺于他喊叫、呼唤的气息之中；但一点都没碰他，似乎若碰到了他，她就很可能把他杀死。

一天夜里，他发现她透过黑丝巾朝外看着。她竟闭着眼在看。她没有目光却在看。他唤醒了她，他对她说他怕她的眼睛。她说他怕的是黑丝巾，而不是她的眼睛。除此以外，他还害怕别的东西。害怕一切。他怕的也许就是这些。

她扭过脸，转身朝着靠海的墙。

"就像这透过砖壁的声音，别人说这是大海的声音，而实际上是我们的血液流动的声音。"

她说："其实，我有时候透过黑丝巾瞧着你，不过，不是你说的那事。我认为，你想说的，就是你不知道我是在什么时候瞧着你的，因为我的脸在黑丝巾和死亡之间变成了一件模糊的东西。你开始了解这张脸了，可它已经开始在你的眼里消失。"

她说："并不是在我朝你睁开眼睛的时候，我看见你害怕我这么做，而是在我睡着的时候看见你的。"

她笑了。她拥吻他，并且笑了。

他说：

"夜里你在睡梦中看见的不是他。"

笑声停了。她瞧着他，似乎她又忘了他。她说：

"不错，这还不是他。这还不是一个确切具体的人。重要的事情在梦中重现需要很长的时间。"

她问他，他在他的夜晚处于什么状态。他说始终一样，

他把整个大地翻了个个,寻找那个情人。可是就像她的夜晚一样,那个情人还未出现。他问她是否已开始忘了。她说:

"也许忘了脸的线条,但没有忘记眼睛、声音和身体。"

可是他,他开始忘了吗?

不。他说:这是一个将留在那儿的固定形象,直到你离开。

    她在金黄色灯光下平躺着,演员说,身体平展,她那一对漂亮的乳房高耸在躯体之上,宛如晶莹玉洁的大理石。

    如果她开口,演员说,她会说:要是把我们的故事搬上舞台的话,有一名演员会突然来到河边,来到灯光的边缘,离你和跟随在侧的我非常近。但他只会瞧着你一个人。而且只会对你一个人说话。如果你说过话,他会像你一样舒缓地、平稳地说,可以说他似乎在朗诵一部文学作品。不过,这是一部他常常朗诵得心不在焉的文学作品,因为他得提醒自己注意忘记舞台上有女人在场。

暴雨和狂风都息止了。海水退出很远,露水情欢开始了。今晚有几名骑士。

自从她在那儿起,他每天夜晚都要走出房间,他去露台,他看着。有时他下楼去海滩。

他一直待到那些在海边寻欢的人消失。

他回来时,她还没睡着。他提供些新闻。风止了,今晚有几个骑士沿着海边漫步而过。她认识那几个骑士。比起他们,她更欣赏排列成行的印第安男人。那些男人带着和他们不可违抗的命运一样的理由去那儿。那些骑士不是外出寻欢的人。

他们哭了起来。呜咽声从他们的体内涌出。他们好像喝过酒。她在他身边,几乎贴着他的肌肤。他们沉浸在一种未曾感受过的幸福之中。那种共同面对静止的暴风雨的幸福。双双取笑他们酣畅的哭泣。他要她像他一样哭。他要他们的抽噎出自他们的体内而不知缘由。他哭着请求她这么做。他像喝过酒似的。她也哭了起来,并且和他一起取笑他的这个请求。他发觉他有生以来还未哭够。不管是否可能,他们应该相遇。

她说既然他谈到了哭,他们彼此就不再这么陌生了。她躺下了。

他们洒泪倾诉他们是多么相爱。他说每念及此,便有助于他容忍自己带着这个念头——有个等着一个城里的男人的女人——出现在这个房间里。

在演出中，演员说，有一次，灯光会慢慢减弱，朗读会停止。

所有演员会离开舞台中央，返回舞台深处，那儿会有桌子、椅子、扶手椅、花卉、香烟和长颈大肚盛水瓶。他们先是呆在那儿，什么都不做，他们会闭上眼睛，仰头靠在他们的扶手椅的靠背上，抑或他们抽烟，或者做呼吸运动，或者喝上一杯水。

在身上盖上一件衣服之后，两位主人公会像其他演员一样一动不动，静默无声。

他们和舞台很快处于彻底的静止状态，舞台变蓝——微光中烟雾的乳白蓝。这是一次休息，是一次通过沉浸在静默之中的体力恢复。我们大概觉得还听得见那时已停止朗读的故事。我们应该在这一静默带来的松弛间歇琢磨刚才的朗读所具有的意义，无论是在朗读过程中，还是在听的过程中，都应琢磨意义所在。

五分钟的时间里，戏会在睡眠中凝固，它会被睡着的人所占据。而这一睡眠会变成场景。我们会听到一种音乐，它将是古典音乐，我们会听出这是什么音乐，那是因为在演出前就已经听过，甚至在更早的生活中就听过。音乐将是从遥远传来的，它不会扰乱这一静默，而是恰恰相反。

　　接下去的演出从灯光增强、音乐结束开始。演员们会朝我们走回来，他们走得很慢。

露台上，天气并不冷。

天空蒙上了一层厚厚的雾。天空比沙子和大海来得清澈明亮。大海依然沉浸在黑夜之中，它离得非常近。它舔着沙子，吞噬着沙子，它像河流一般平和安宁。

他没看见它的到来。

　　这是一条白色游船。它的各层甲板都亮着灯，可空无一人。大海如此平静，张张船帆已经收拢，低速运转的马达声非常悦耳，像睡眠一般轻柔。他朝前方的海滩走去，他朝着那船的方向走去。他一下子看见了那条船，它像是从茫茫的黑夜中冒出一般，他只是在面对着那条船时才看见它。

　　海滩上只有他一个人。没有其他人看见这条船。

　　那条船转了向，和他的身体平行而过，这像是一种无限的爱抚，像是一次诀别。仿佛过了很长时间，船才返回航道。他返回露台,以便更清晰地目送它远去。他并不思忖这条船在那儿干什么。他哭了。那条船消失后,他还留在露台上哭丧。

蓝眼睛、黑头发的外国小伙子永远离去了。

他在露台上待了很久才回房间。他突然想永远不再回去。他靠在房子的外墙上,抓住砖壁不放,以为他永远不再回去是可以办到的。他回去了。

一跨进房门,便闻到另一个男人的香水味。

她在那儿,在她自身的黑暗中,沉浸在这股气味里,她被他剥夺了所有情人。

他在她身旁躺下,突然感到疲惫不堪,随后便一动不动。她没睡着。她握住他的手。她大概在等他,虽说刚开始等,但已经感到痛苦,她握着他的手不放。他让她握着。几天来,当她握着这只手的时候,这手没有抽回过。她说她以为他在露台上,以为他像其他夜晚一样并没远离这所房子。她说今夜她也许不会去找他,她也许会让他走,让他痛痛快快地去死,她没说为什么。他并不打算弄明白她说的话,他没答理。他很长一段时间一直醒着。她看他在房间里转来转去,他想设法逃走,设法去死。他已忘记她。这她知道。当她离开房间时,他已在地上入睡。

假如她说话，演员说，她会说：如果我们的故事被搬上舞台，一名演员将会走向台边，走向一串灯光的边缘，离你和我都非常近，他身穿白衣，全神贯注，对自己怀有极大的兴趣，会像走向他自己一样走向观众。他会自我介绍是故事里的那个男人，他心不在焉，魂灵像是已经飞出体外。他会像你想做的那样向墙外看去，似乎这能做到，向相反的方向看去。

他站在露台上。晨曦微露。
海边是那些寻乐求欢的人。
他没对她说起那条白船。
那些人们尖声喊出了几个短促的字眼，这些字眼被几个人重复着，随后便没声了，这也许是通风报信，是在叮嘱要小心。警察在巡逻。
喊叫过后，只留下一片黑夜的静寂。
他回到房间里。她在房里，在厚厚的墙壁后面。他每次从海边回来几乎都忘了她的存在。
在梦中遥远的地方，她大概听见了有人在开门，听见了声响的进入。她现在大概听见了有人把门轻轻关上，接着听见有人在行走，听见了踩在地上的脚步声，听见了有人靠墙坐下，她大概也看见了那人。她还勉强听得见用力过度的轻微喘息声。接着只是其声音被墙壁减弱了的黑夜。

她也许没睡着。他不想唤醒她，他克制住自己这么做，他看着她。那张脸受到了黑丝巾的蔽护。唯有赤裸的身子暴露在黄色灯光下，备受折磨的身子。

有时，将近这一时辰，随着白天的到来，不幸突然降临。他在黄色灯光下发现了她，他真想敲打这个假装睡着的、知道如何不顺从、如何偷钱的肉体。

他走近她，看着那句句子的出处：它会让他从那儿下手，从颈下，从心血管网下手杀死她。

那句句子与那条船有关，不管含义如何，它一直在呼唤死亡。

他在她身旁躺下。黑丝巾滑落在肩。那双眼睛睁开又闭上，她又睡着了。那双眼睛睁开了，可没有光亮，努力了好长一阵子，但毫无结果，还是再一次合上，并且重新踏上通往死亡的旅途。

接着，在黑夜将尽的时候，那双眼睛一直睁着。

她没说那句他为了杀死她而等她出口的句子。她站起身听着。她问：这是什么声音？

他说这是大海的声音，是风相互撞击的声音，是从未听见过的人类的事情的回声,是笑、是叫、是呼唤的回声,当人还什么都不知道的时候,这些回声被扔来掷去,可是今夜,这些回声来到了房间前的海滩上。

这个故事引不起她的兴趣。她又睡着了。

她显然没看见那条船。她没听见它的声音。她根本不知道那条船,原因很简单:那条船驶过时她睡着了。他那么纯真地握住她的手并抱吻她。

她不知道自己变成了一个对那条船一无所知的人。然而,她早已得知有关闯入他们生活中的那条船的某些事。比如,当他吻她手的时候,她就没看着手。

今天夜里,她一到达就将睡着。

他不会打搅她的睡眠,他会让她的睡眠继续下去。他不会问她是否又见到了那个城里的男人,他知道她又见过他。他总是通过某些证据,譬如,从她乳房、手臂青肿的程度上得知的,从她突然衰败的面容、从她酣畅的睡眠、从她苍白的脸色上得知的。这一夜过后难以抵挡的疲惫、这悲伤、这性的忧患,使那双眼睛看尽了世上的一切。

他让门开着。她睡着了,他走出去,他穿过城市,穿过海滩,穿过石堆旁边的游艇码头。

他在午夜时分又回来了。

她在那儿，靠墙站着，远离黄色灯光，已经穿好了衣服准备出门。她哭了。她无法停止哭泣。她说：我在城里找过你。

她害怕过。她看见他死了。她再也不想到房间里去。

他走近她，他等着。他任她去哭，似乎她哭泣的原因不在于他。

她说：你说甚至连这些悲伤、这些爱都在杀你，而你对这些却一无所知。她说：只知道你自己，这等于什么都不知道。即使对你自己，你也一无所知，你甚至连你自己的困乏冷热都不知道。

他说：确实如此，我什么都不知道。

她重复道：你不知道。你所知道的，就是出走到城里，并且始终认为会马上回来。这真要命，还要让人忘记。

他说：现在我能容忍你在房间里，甚至你在叫喊我也能容忍。

他们待在那儿，很长时间一声不吭，天亮之际，寒冷伴着日光一起侵入室内。他们裹上了白被单。

她告诉他那个男人也问她有关房间的事。她说：我回来时也问了，我问他你怎么会对你自己知道得那么少。你怎么会不知道自己的所作所为，而且不知道为什么要去做。你为什么把我带进这个房间。你为什么想杀死我，但这个念头一出现你却又如此害怕。他对我说这没什么，说所有的人都多少有点像你。唯有一件事是严重的，那就是我在你面前。

她对他说她也可以要那些男人，但她对他们比对其他男人的欲望要少，但也许爱得更专一，更纯洁，就更不受别的欲望以及错误的行为所侵扰。这一被人厌恶的不幸处在生活中某些情形下变得可以接受了，这些情形便是今夏她被卷入其中的爱欲。

愤怒烟消云散了。他抬手伸向她的脸抚摸着。她重新蒙上了令人心安的黑丝巾。她说：

"如果你不回来，我夜里会再一次去和石堆那儿的人幽会，和他们在一起，糊里糊涂地走出去，再糊里糊涂地回来。看着他们把生殖器放在那个女孩子的手中，看着他们闭着眼睛哭泣。"

她说：

"你我之外没有任何东西可供我们学习。"

"没有任何知识？没有任何无知？"

"什么都没有。有这样与世隔绝的人，就无法从任何人那儿学到些什么。譬如我们，我们无法学习任何事物。我无法从你那儿学到什么，你亦如此，既无法从任何人那儿，也无法从任何东西、或事件中学到什么。都是些倔强的骡子。"

他们的存在终将被忘却，不管他们被忘却了有多少个世纪，但这种无知却会这样存在下去，就像此时此刻在冷色调的灯光下存在一样。他们发现了这一点，他们为此喜出望外。

同样，这一天要日复一日继续千年才能在千年之后存在。整个地球对他们今天说的事全然不知，这将具有历史意义。没有词汇，没有笔墨能将它撰写下来，没有可以读到它的书籍，这种无知将具有历史意义。对此，他们同样喜出望外。

她说：这样，所有的一切都在房间里了。她用摊开的手指着石板地、指着被单、指着灯光、指着两个躯体。

她睡得像青春年少的人一样，又沉又长。

她变成那种不知道有船驶过的人了。

他想：就像我的孩子。

他有时揭去那脸上的黑丝巾。那身子刚一翻动，他便明白了尽管他揭去了面纱，但也无法驱走她的睡意。

夏季洒在那张脸上的橙黄色几乎已经消失。他看着。他仔细地看着，就像每天晚上一样看着。他有时闭上眼睛，以便远离这个形象，把它固定在假日里同别人而不是同他一起照的相片里。然而，在她身边要使它离开他的生活也许为时已晚。

房间里只有那柔软的、长长的白被单的外形。脱离被单后，那陌生女人的人形坐在地上，头枕在弯曲着的手臂上。两条手臂遮住了眼睛。在她的身旁，那拉长了的身影远离被单，远离她本人。直到天亮，他们就这样一直徘徊于哭泣、睡眠、笑而又哭、生命、死亡之间。

她说：你的难题始终在我生活中作梗，始终铭刻在我同其他男人的快感之中。

他问她在说什么。她在说这件不可能的事，在说他被她激起的厌恶。她说她同他共同分担对她的厌恶。可随后她说这不是厌恶。不是，厌恶是杜撰的。

她认为这是发生在这个房间里的事，就像它可能会发生在其他地方一样，他们无法认识这件带有普遍性的事，永远无法认识，这件事也许会被其他的事情的相似之处所掩盖，但这事近在眼前，那就完全可以肯定，鉴于人具有的一般常识，没有一个人可以孤立地看待它。

是所有的人吗？他问。

所有的人。她补充道：你说得对。

他在房间中央的白被单的凹陷处躺下。轮到她看他了。

她呼唤着他。他们都哭了。在房间里能感觉到大海恢复了平静。她说她爱他胜过爱她自己，说他不该害怕。

他问她是否又见过那个城里的男人。

她见过了。

这个男人常去那些下午很晚才开门的酒吧间，那些酒吧间没有窗户，门都关着，要进去得敲门。这就是她所知道的有关这个男人的情况，他大概很有钱，他也不工作。他们到楼上的房间里去，这是为他们男人保留的房间。

她有时也去他在一家旅馆租下的房间。她在那儿一直待到天黑，黑夜一过，她就返回。她告诉他，她同她夏天常住的那家旅馆解除了租约，说她去的地方太多了。她说：

"弄到最后，我搞错了地方。"

他没笑。

她掀去黑丝巾。他瞧着她的身子。她忘了这身子是她的，她像他一样瞧着它。

他问起有关另一个男人的事。

她说他也打人。他瞧着她身上被另一个男人打过的地方。她说他爱她，说他用同样的话辱骂她，这正是她同男人们在一起时，她要求他们做的。但这种情形并不是一直发生的。她说：处在你和他之间。他要她重复那些辱骂。

她照办了。她的话音平静、客观。他问她他还说了什么。她复述道：

"他说没有任何东西是可比拟的。不管细节还是总体都不一样。"

他问，他那话是什么意思。她说：体内的东西。他是这么认为的，他认为他在说这东西。他，这个城里的男人，他把这体内的东西称作快感的所在。他带着很大的学问和疯狂深入其中，他爱快活。他也同样爱疯狂。他可能感受到了对她的某种肤浅的、昙花一现的感情，但他并没把这种感情同他肉体的欲望混同起来。他从没对她谈起过这一点。他站在原地，他说他在这个她对他描绘的没有阳光的房间里——她那些虚构的乌青块在此消退——一直害怕她的美，他在用眼睛说着她肌肤的柔美。她说他有时因为他，因为这个在房间里等她的男人才打她的。他是为了获得快感，意欲杀人才打人的，这仿佛是很自然的事情。她知道他去石头堆那儿了。她说他这会儿正围绕着她的故事转悠，说他去石堆那儿寻找那些把他的生殖器握在手里的女孩。她说：他就这样承受痛苦，以便晚上在旅馆的房间里占有我。

她说她也很希望他也对她说说他遇上的事。他说他什么事也没遇上。从没遇上。只有意念。她说这也一样。他没有回答，他不知道如何回答。

那男人说使快感产生的是天才的头脑，若没有它，肉体是懵然无知的。

她告诉他，她把她刚才对他叙述的一切都给了他，为了让他夜晚孤独一人时用这一切来做他想做的事。

她说那个男人用在某些女人身上的辱骂的字眼似乎源自一种深层的文化。

他问她更喜欢什么，他没说明在哪两者之间更喜欢什么。她说：

"当粗暴的言行出现而不为我们所知时，重复第一次的辱骂。"

她打开房间里的灯。她主动地躺在灯光中央，躺在她拖到中央的被单里。她平展身子，重新遮住脸。她先是沉默。接着，她开口了。她说：

"我们什么都不知道，你不知道，我也不知道。我们所知道的，就是这一差别，这一你为我感到的障碍，它就在那儿，掩盖着一件与生命有关的事。"

一天晚上，在舞台边上的河畔，演员说，她说：可能会发生演员队伍的变换，就像娱乐场、潜艇、工厂的人员也会发生变化一样。这种变换会在一种无声的、轻微的运动中逐渐完成。新的演员会在下午到达，他们可能从未被人看见过，他们可能都跟那个男人——主人公——很相像。

他们会一直来到她身旁，来到她卧于被单里的身体旁，就像她现在这种姿势，那张脸隐藏在黑丝巾后面。而她，她会失去他，她在新的演员中会认不出他，她会为此万念俱灰。她会说：你与男人的普遍想法很接近，这就是为什么你那么令人难忘，这就是为什么你使我流泪。

他睡着了。

几天来，他很容易让自己进入睡眠。猜疑已经减少了许多。最初一段时间，他常去封闭的房间里睡觉。现在，从露台上回来之后，他有时会在她面前睡觉，当她走近他时，他不再叫喊。

他醒了。他像是请求原谅似的说：

"我累了，我好像正在死去。"

她说这没什么，这是过夜的疲乏，说他迟早应该重获白天的阳光，减少黑夜的时间。

他瞧着她，说：

"你没有黑丝巾。"

不，她为了在他睡着时看他而没有蒙盖黑丝巾。

她在他身旁躺下。他俩都醒着。彼此都没碰到对方的身体，甚至连手指都没有碰及。他要她说说石堆那儿的男人的生殖器是什么样子的。她说它和万物之初的物体相似，粗糙难看，它在性欲状态中会变硬，始终饱满、坚硬，像一道创口一样让人难以忍受。他问她回忆是否痛苦。她说回忆由剧烈的痛苦所组成，但是痛苦被卷入其浪涛中的快感冲淡了，反过来也变成了快感。但两种感觉是分开的，截然不同的。

他在等她睡着。他把她的身体移近他，他使她的身体紧贴着他。他呆在那儿。她睁开眼认出是他后又睡着了。她知道他夜里经常瞧着她，以便习惯起来。尤其是见到了那个城里男人后回来，在她因精疲力竭而沉沉入睡的时候看着她。

他贴着她暖暖的身体。他一直紧挨着她一动不动，享受着她肉体的恩赐。温暖变成了他们共有的东西，还有肌肤和体内的生命。

这是个不寻思原因的男人，今晚，他可以消受这个和他挨得如此近的身体了。他从不寻思个中缘由，他等待变化，等待入睡，同样也等待黑夜、白昼、欢悦。他突然压在她身上，也许，他没作出决定便这样做了，他还处于心不在焉的状态，思绪还在四壁之外神游。

他将转过身子。他的身体将重新压盖着她的身体，他将把她的身体挪到他自己身体的正中央，继而，他将缓缓地陷入中心地带那温暖的淤泥深处。

他在那儿一动不动地待着。他将等待他的命运，等待他肉体的欲望。他将等待所需要的时间。

正这样想着，随着一声苦恼至极的叫喊，那突如其来的意念萌发了。欲念停止，那非常短促的声音像惨遭杀戮后愤然止息了，留在了他身体——对着她的身体——缓缓下降的过程中。

他将待在那儿。然后，他将转过身永远冲着墙。他还会辱骂。他将不再哭泣。

她置身黄色的灯光下，她不看他，她已经将他忘却。他们久久地沉默。

他说让她讲出所以然是不可能的。

而她，她再也弄不明白怎么才是可能的。她说她对任何男人不再会有欲望了,让她去吧,别管她。

他说:她偷他的也许就是这个地方、这个房间。

不,这不是房间,她不这么认为。这是上帝,她相信。就是制造集中营、战争的那位。她说应该让它去。

她呼唤他,她在哭泣。

她站了起来。她在房间里走动。

她说也许就是大海不离开他们,它永远在那儿,涛声不息,有时近在咫尺,让人唯恐躲之不及;还有就是这褪色的、惨然的灯光,这慢慢抵达天际的阳光以及他们和世界上的其他人相比这姗姗来迟的爱情。

她在房间里四下环顾,她开始哭泣。这是由于这爱所致,她说。她又停住脚步。她说像他们这般生活实在可怕。她忽而冲着他嚷嚷。她吼道在这房子里一样可供阅读的东西都没有,可以阅读的东西都被他扔了,书、杂志、报纸,什么都没有,也没有电视机和收音机,无法知道世界上发生了什么事情,就连身边所发生的事情都一无所知,什么都别想知道。像他们这样生活,还不如去死的好。她又在他面前停住了脚步,她看着他,她哭泣,她重复说这是由于这占有一切却难以存在的爱所致。

她止住了哭泣。他在听她说。他没笑。他问:

"你在说什么?"

她面露羞惭,说:

"我说的话不经思考,我很累。"

她说:我从没给自己提过什么问题。

他重又起身。他把她拉近。他吻了她的嘴。疯狂的欲念处在溃败之中,他们为之颤抖。

他们分开了。他说:

"这一点我本来还不知道。"

他们在房间里站着,四目闭合,一言不发。

在夜晚的某个时辰,万籁俱寂,房子周围隔着退潮的大海和房间这段距离,唯有海水那没有回声的、间隔的拍岸声隐隐传来。在这暂息的时刻,犬不再吠,车不再响。天色将白,在最后一批猎艳寻欢的人经过之后,时辰出清了它所有的内容直至变为赤裸的空间,变为筛选干净后的沙子。此刻,那个吻留下的回忆强烈异常,它燃烧着他们的血液,使他们相对无语,他们无法说话。

平时,她的身体就是在夜间的这一时刻开始动弹的。今天却不,毫无疑问,她害怕白天的迫近,害怕死寂的伴随。

那个吻已经变成快感。它业已发生。它跟死亡开了玩笑,跟恐惧这一意念开了玩笑。没有任何其他的吻紧随而来。它整个地占据了欲望。它的荒漠和硕大、它的精神和肉体，这些只属于它自己。

她置身于他伸手可及的白被单的凹陷处，她的脸毫无遮盖。那个吻使他俩在房间里身体挨得紧紧的，岂止赤身裸体。

现在她醒了。她说：

"你刚才原来在这儿。"

她四下环顾，看看房间、门、他的脸；他的身体。

她问他这一夜他是否还出现过想杀死她的念头。他说：

"那念头又出现过，但和爱的念头一样。"

亲吻，他们将不说话。

她第一觉睡得正酣。

他出去了，他沿着那些海滨大旅馆，朝那些石子堆相反的方向走去。

他永远不会返回那儿。他显然担心被目击者认出，现在他相信那些人是这个夏日的夜晚发生的一件丑闻的真正的制造者。他重又找到了那个地方——他曾在洞开的窗旁面对一个蓝眼睛黑头发的外国小伙子。那个大厅的各扇门都关闭着。英式家具。桃花心木的椅子和桌子。许多躲开了噪音和劲风的花朵藏身于这寂静之中。他完全想象得出被幽禁着的花的味儿——一种太阳所赋予的温暖现已被寒冷取而代之。

在同样静谧的门窗玻璃后面，天空和大海都在移动。

他对她有一种渴求，那个海滨酒吧间的女人。自那晚起，他还没吻过她。他俩嘴对嘴的那个亲吻渗透了他整个身体。这吻已抓住了他整个身心，就像一个完整的秘密，一种必须以忧虑——害怕发生变化——为代价的幸福。就是想到这个吻，他才产生死的念头的。他可以打开大厅的门，以某种方式死在那儿，或者在微热的暖房里沉沉睡去。

当他回去时，她还在那儿，在原来的地方躺着。

她朝他看去，却视而不见，目光迷离。她表情阴沉愤然，正处于一种他尚未领教过的愠怒之中。她说：

"你想像支配一件商品那样支配上帝的旨意，而且四处推销这件刺眼而又陈旧的东西，好像上帝需要你的帮忙似的。"

他没有回答。他是个不善回答的人。

她继续说：你哭的时候，是在为没能把自己的意旨强加于上帝而伤心。是为无法偷盗上帝的东西去分发给他人而悲切。

愤怒消失了，假象。她躺下了，用被单盖住身体，用黑丝巾蒙住脸。黑丝巾后面的她在啜泣。她边哭边说：

"这倒是真的,你从来不谈上帝。"她说,"上帝,就是法,永远存在,无处不在,你不必在夜晚走到海岸边去寻找。"

她在哭泣。这是由于她处在一种极其愁苦和沮丧的状态中,这不会折磨他人,与其说她在思忖,不如说她在悲伤,这种悲伤会和某种幸福携手同行。他明白,在这种情形下,他永远无法同她叙谈。

她弄醒了他。

她说她正在变成疯子。

她说:你熟睡时,一切安然宁静。我注视着你的脸,注视着你睡着时所发生的一切。我见你整个夜晚都处在惊恐之中。

她说话时眼睛看着墙壁。她没有对着他说话。她在他边上,却像根本没有他的存在一样。她说:忽然间,在世界这片经纬密布的织物上,你面积很小的脸部有一根纬线突然变得脆弱易断了,那情形差不多等于一根手指勾住一根丝线,丝线将断未断。她说她的错乱是从那晚他熟睡时开始的,当时她发现了——同时也察觉出这张脸和世界万物的终点有所不同——他俩有着一样的归宿,那就是他俩已被双双卷走,被运动着的时间用同一种方式研烂磨碎,直到世界重新获得那根光滑的纬线。

不过，她显然在自己骗自己，当她说到他时，说到她对他怀有的这份感情时，她不再知道她在说些什么。她明白无误的事情是，当夜如黑漆，最后一批露水情人经过后，得留神在天亮之前的那几个小时。

依旧是沉沉的黑夜，她叫醒了他，她说她忘了讲给他听：她已熟悉这海滨，她一辈子都能看得见它，她也已熟悉这个房间，她见过它，这是一所门窗紧闭，却碎了一块窗玻璃的房子。有人说，从前这所房子里住着一些女人，夏天，她们带着孩子坐在露台上。然而她，她从来没有见过那些女人和孩子，她从久远的回忆中去搜索，更想不起有什么人住过这所房子。后来的某一天，这里出现了灯光。她早就想把这事告诉他，但她一直忘了。

他问她某几个晚上是不是她在敲门。

也许是的。有时她会去敲一些房子的门，但得看见里面有灯光，她才会去敲，当她知道里面只住着单身男人时，她才会敲门。

那个夏天的一个晚上是不是她敲了那扇门？他没去开门。他不在等什么人的时候是不会开门的，他切断了电话，他不开门。那个夏天她来过这儿，这可能吗？她想不起她是否真来过，而现在她认识了他，她觉得她应该来过此地。按理说不可能，她应该透过窗玻璃看见灯光才敲门，但有时没看见灯光,她也可能敲门。

他说有时在他不等候什么人的时候,他便听凭夜色进入室内,他不开灯。这样便可知道任何突然出现在空房间里的人。她说:那就是我。

她睁开眼睛,又合上,她说:我们睡得真晚。

她用手抚摩着他的脸,接着倦意涌来,手又垂下。她再次闭上眼睛。

她说:

"今夜我和那个男人在一起。我是在酒吧间楼上的房间里和他幽会的。我请求他和我一起干我们的事,如果死亡没有夺走我们的灵魂我们早该这么干了。"

在房间里,他走近她。他躺在她身旁。她在颤抖,她说话有些困难。每次她话一停便啜泣。她说:

"我请求那个男人让我在他身旁睡上一阵子。我请求他对我干几件事,只消等到我进入睡眠状态时就可进行,但得轻轻的、轻轻的。"

她重复说:

"我请求他对我说那些话、干那些我告诉他的事,但得非常轻柔地、长时间地进行,那样的话,我就不会醒来。我对他说了哪些事、哪些话呢?

"我还告诉他别为我是否会醒而操心——尽管他担心他无法使我醒来。因为，处在这种情况下，'失去'的发生会非常之慢，简直就像一次没完没了的、令人赞叹的临终时刻。

"他照我要求的做了。缓缓地、长时间地做着。后来，我突然听见了他的声音，我想起来了，他的手燃烧了我的皮肤。起初是轻轻的，有一定的时间间隔，继而是连续不断的，他的手使我的身体燃烧起来。

"他说我的眼皮在抖动，就好像我欲睁开眼睛却又力不从心。说我腹部深处流出一种稠厚、混浊、像血一样热的液体。说就在那一刻我的双腿分开了，让他进入这深处，那时我已醒来。深入直至尽底处，为了坚持到底到达终点，他非常缓慢地进行着。他害怕得叫了起来。他在尽底处等了很长时间，紧急情况才缓和安宁下来。

"我并不想等待他所希望的那么长的时间。我要求他快一点，使点劲。我们停止说话。快感从天而降，我们抓住了它，它吞噬了我们，把我们永远地带走，随后，它消失了。"

房间里，那两个身躯重新倒在白色的床单上。眼睛紧闭着。

后来，它们睁开了。

随后，它们又闭上了。

一切均告完成。房间里，他俩周围凌乱不堪。

他们就这样长时间呆着，眼睛紧闭，惊恐不安。

起初，他俩彼此保持着一定的距离，后来，他俩的手重临灾难的险境，它们还在颤抖，在睡眠过程中，它们握在一起。

睡醒时，他俩又一次地双双抽噎，目光转向墙壁，羞惭不已。

有很长一段时间，他俩身体分开，各自哭泣。后来，他俩不再哭泣，一动不动地久久地在那儿呆着。

后来她问他这微光的出现是不是预示着天亮了。他对她说那显然是日光，不过，每年的这个季节白昼来得很慢，所以无法肯定天是否亮了。

她问他这是不是最后一夜。

他说是的，这可能是最后一夜，他不清楚。他提醒她，他对任何事情向来就是一无所知的。

他走向露台。天色很暗。

他在那儿,他在看。他在哭。

当他返回房间,她已经直着身子坐了起来,她在等他。他俩对视着,他俩对对方怀着欲念。

她说她害怕像一个在车站旅馆里过了夜分手后的女人一样被人杀死。他对她说什么都别怕。她相信当他走向露台的时候,这个念头曾在他脑中出现过。他证实了这事。他说:有一阵头晕目眩的时刻,没什么。

她在啜泣。她说这是她知道他在他俩的故事中每时每刻都有这种需要时激动的表现,这是因为她想起,就她个人的意愿来说,她的身体本该能够做到永远不在这个房间里挨着他的身体生存。

他说其实他每晚都有这个念头,它和对大海恐惧、对她那无法企及的美掺和在一起出现。

他跟她讲到了船。

他说他看见一艘游船在非常近的地方,在离海岸一百米的海上行驶。甲板上空空荡荡。海宛如一个湖泊,船在湖面上前行。像一艘快艇。白色的。她问是什么时候。他不知道,有好几个夜晚了。

她从没在这个海滩上看见过船。为什么没见过呢?毫无疑问，人都消隐在雾霭之中——这个季节大海上总是大雾笼罩——他们朝着海滨疗养地大旅馆透出的灯光走去。

他伫立在海滩上直到船在它的航道上消失。转速很低的马达的声音以一种他尚未认知的方式渗入他的内心。当那船渐渐远离海岸时，他相信此刻那个蓝眼睛黑头发的外国小伙子的欲望最后一次地在他身上反应出来了。当船消失时，想必他已颓然倒在沙滩上了。

他醒来时，那船已经消失多时，一排海浪一直打到房子的墙上，就像想躲开他似的，海浪到他脚边化为一片白色的流苏退避了，它生动形象，不啻一行文字。他把这当作是来自那船上的回应。它在说别再等待蓝眼睛的外国小伙子了，他永远不会重返法兰西的海滨。

就从这个时刻起，他想去爱这流动的海。带着疯狂的欲念去爱，就像沉醉于他俩给予对方的那唯一的吻。他想起了她的肌肤、她的眼睛、她的乳房，她身上所有的器官，她的温馨及她的双手，这些感觉在他身上再生了。

好几个白昼，好几个黑夜，他一直处在渴念她的状态中。

后来，这爱回来了——如同那个吻留下的回忆——那曾是他生命的鲜血，曾使他在这个夏夜——他俩相遇在这个海滨酒吧——惊恐不安。

她说那便是这爱，那一晚他俩为之洒泪，这是他俩彼此真正的忠贞,这已经超越了眼下他们的故事,超越了将要进入他们生命中的东西。

他对她说那孤身一人的外国小伙子就是那晚他们在海滨酒吧间感到绝望的原因。

她回想起他常跟她说起一个蓝眼睛黑头发的外国小伙子,而她却从未想过那是她曾爱过的人。

她清楚地记得他说到的那些致命的忧郁,它们每个夏天都要来缠扰他直至把他弄得精疲力竭,那些事情抽象难懂,毫不连贯。

他说他老是把故事搞错,但根据他们在这个海滨酒吧相遇这一事实,对那个外国小伙子的记忆在他看来似乎旨在防止错误的发生。

她说不,他们不可能知道发生了什么事情,他们好比那些忘记自己曾目睹罪案发生的证人。

唯一的证据应该是,他认出了她,一个在大厅里的女人。那晚在这个海滨酒吧间,他们处在何种情况下才会互不相识呢?

他去门窗关闭的房子里喝烈酒。他偶尔这样做,她亦如此。他想肯定这艘白船的存在。今夜他将它混淆于另一个记忆之中,混淆于一个同样封闭的场所。他说:和海滨旅馆的大厅混在一起了。

她说：那艘船存在过。城里的人说起过它。它来自勒阿弗尔。它是被退潮的海水带走的，一直带到茫茫的海上，它一定朝着岸上的灯光返回。这是艘中等体积的希腊游船。除他之外其他见过这艘游船的人都说游船上只有船员。

她问他是否见过这艘游船上的乘客。

他无法肯定，但当那艘游船掉头时，他相信他看见一男一女在舷墙旁凭栏观望，欣赏着沿岸一长串闪烁着灯光的娱乐场所，这样持续了无疑有一支烟的工夫。然而，当那船重新驶向航道时，他们一定进了船舱，他没有再看见他们。

他躺在她身旁。他们沉醉于一种他们不曾感受过的幸福之中，这幸福是如此的深沉，他们为之恐惧。

他对她说他弄错了，不是天亮了，而是黄昏降临，他们走向又一个黑夜，为了白天的到来，他们得等待整个黑夜过去，他们弄不清时间是怎样流逝的。她问他大海的颜色。他不知道。

他听到她在哭。他问她为什么哭。他没等她回答。他问她海应该是什么颜色的。她说海为自己抹上了天的颜色——与其说是颜色不如说是一种光的状态。

她说他们也许开始死亡了。

他说他对死一无所知,他是个恋爱之中不知爱,濒临死亡不知死的人。他的嗓音里还有喊叫声,但声音遥远依稀,如泣如诉。

他对她说现在他也认为他俩之间的事一定涉及她在他们的故事开始的头几天所说的内容。她脸贴地板,藏住面孔,她在哭。

  这是最后一夜,演员说。

  观众静坐不动,注视着安静下来的方向——主人公。演员用目光示意他们的位置。主人公依然暴露在河边强烈的灯光下。他们面朝剧场躺着。简直可以说他们在这寂静中已无生命的迹象。

  他们朝剧场、室外、读物、大海看去。他们的眼神恐惧、痛苦,老是因成为众人——台上的演员和剧场内的观众——注视的对象而怀有犯罪感。

  最后一夜,男演员这样宣布。

  他们面向观众席,若即若离,准备从一切人类的故事里消失。说明这一点的并非是渐暗的光线,而是那个男演员孤寂的声音,它将促使其他演员原地站定,停止动作,迫使他们度过地狱般的最后一刻的死寂。

这个晚上是第六夜,他转过了目光,而她,当他一靠近,她便用白被单把自己盖住。

最后一句台词,男演员说,也许会在静默之前说出。看来应由她在他们爱情的最后一夜为她而说。它应该与你通过认识不曾经历的东西后偶尔受到的感情撞击有关,与语言障碍有关,处在这种障碍之中,你无法表达出这一障碍是怎么回事,这是由于词语在巨大的痛苦面前显得枯贫无力的缘故。

在剧场的尽底处,演员说,会有一堵蓝色的墙。这堵墙围绕舞台。它很厚实,朝着大海,在落日下显现着。乍一看,它像个被遗弃的德国要塞。这堵墙的特征是无法摧毁的,尽管它日日夜夜经受海风的折磨,尽管它受到最强烈的暴风雨的打击。

演员说这座剧院是围绕着对这墙和大海的想法建造起来的,目的是让海的喧哗,或远或近,永远在剧院内存在。风和日丽时,那厚实的墙会使它的音量减弱,但它的声音永远在那儿——和着风平浪静的大海的节奏。你从来不会弄错它的自然属性。有些风狂雨急的夜晚,你能清晰地听到海浪在拍击房间墙壁,以及和话语夹杂在一起的涛声。

人们为什么不怕杜拉斯了？
——关于《情人》

[法国] 米雷尔·卡勒-格鲁贝尔[1]　王道乾 译

玛格丽特·杜拉斯[2]的小说《情人》取得成功，有关她的作品的"可读性"问题立即为之改观。一直被看作是难以阅读，只有知音才可接近的作者，其作品现在进入了广大读者争相阅读的领域，并且在销售上打破纪录，这实在是件有趣的事情。杜拉斯的作品甚至使文学批评家所持的态度也发生问题：过去是天机不可泄露，如今成了老生常谈；以前需要加以引导才能进入杜拉斯的世界，今天就成了不言而喻的事了，理解杜拉斯的作品也成了异常复杂的事项。这种非同寻常的情况引出一个双重性问题：一方面，人们追问，姑且借用那个出了名的说法，人们现在为什么不再害怕玛格丽特·杜拉斯了？另一方面，尽管是老生常谈，但老生常谈也是多种多样的，仍须进一步考察人们浏览这部作品**究竟是读什么或不读什么**。

实际上，对于《情人》出版取得成功的关注，这就涉及畅销书某种特殊类型的问题，皮埃尔·诺拉认为这一类书与"协商确定"的畅销不一样，他认为这类书属于他们说的"非有意为之的成功"，也就是说，这种书脱出通常流通轨道远非始料所及。他说：

> "畅销书的规律，是对其正常社会学领域的突破、违抗，书原本不是为广大读者写的，但在广大读者中产生轰动。"[3]

《情人》的出版取得了轰动效应，对其特点作一恰如其分的说明有着重要意义：畅销书这个用语从此就不一定带有贬义内涵，即认为这类书完全是一种制成品，它的使用价值无非是在我们社会商品流通中具有某种交换价值而已。在没有对它的各个方面进行考察，《情人》一书不是为商业目的

---

1 米雷尔·卡勒-格鲁贝尔任职于海德堡大学，本文是他为1986年3月在奥地利因斯布鲁克法国研究院举行的讨论会提出的论文。——译者

2 玛格丽特·杜拉斯（1914—1996），法国女作家，主要作品有小说《琴声如诉》（1958）、《洛尔·瓦·斯泰因的迷狂》（1964）、《情人》（1984），电影剧本《广岛之恋》（1960）、《长别离》（1961）、《印度之歌》（1973），以及戏剧剧本《英国情人》（1968）等。——译者

3 见1985年3月22日《新观察家》杂志，《与皮埃尔·诺拉的对话》。（译者按：此为原注，凡不加"译者"字样均为原注。）

而写这一点尚未得出结论之前,最好不要把争论简单化。

从另一方面看,是不是读者群众方面发生了变化?对此,罗布-格里耶的态度是肯定的,他在1982年一次谈话中有他的解释:

> "有一类读者现在已经学会阅读我们的作品。不过……不是三十岁开始学习阅读的'老人'。……我们现在更能和十五至二十五岁的读者平等相处了,他们阅读我们的作品似乎不存在原来那一类摒弃的问题。……读者的感受力好像已经大为发展,以致我们在自己的探索中越走越远,我们中每一个人已走到尽头,尽管如此,读者还是追随前进。……其中有些人年纪很轻,感受力极强。我说过:有些人已不再提出那种类似理性定义的问题……现实主义,已经没有人相信了。"[1]

我不想与罗布-格里耶分享这种乐观看法,对于《情人》取得成功,我设想那是出于一种"误会"。也就是说,杜拉斯如果丝毫没有改变她的写法,那么《情人》作为文本

---

[1] 阿兰·罗布-格里耶,《超越模式》,与米·卡勒-格鲁贝尔的对话,《Micromégas》新小说专号,罗马,布尔佐尼,1982年第20期,第9页。

与以前的作品相比就更加具有多义性,这将有利于作出各种不同的解释。阐明种种阅读机制和读者阅读习惯可以更好地把握作品的组织肌理。我们不妨再看看罗布-格里耶在谈到诺贝尔奖颁发给克洛德·西蒙,当初他在子夜出版社接待这位作家时,他是怎么讲的:

"由让-埃代恩·阿利埃……居间介绍,《风》的原稿送到我的手中。原稿中每两章就有一章是用来解释前一章的,后来我见到克洛德·西蒙,问他这是为什么。他回答说:'不这么办,卡尔曼-莱维出版社就不愿意接受稿子。我加上这几章,目的是让其余各章能够通过,但按我的看法,这些章节毫无意义。'我对他说:'删掉。他们不接受,出版者现成就有。'于是他把那些文字全部删除,稿子果然遭到拒绝,而子夜出版社却接受出版了。从此以后,克洛德·西蒙按照个人意愿写作,拒绝阉割他的作品,不再屈服于那种统治一切的叙事观念了。"[1]

如果上述轶闻是有教益的,而且杜拉斯也是在子夜出版

---

1 见 1985 年 10 月 18 日《解放报》。

社出书的幸运的作家之一,那就需要弄清对"统治一切的叙事观念"作何理解,这种观念又如何在现代性的掩饰下以不会引起怀疑为虚假的方法和恶劣的阅读效果来"阉割"作品文本。

上述《风》的事例很能说明问题:阅读一般都是建立在按照惯例、线性顺序、一目十行大略阅读方式上的,作品终结,阅读便告停止,阅读以一种确认和获得信息大到多余度作为依据。所谓"可解释性",就是一环扣一环,借助首语重复法加以默记。也就是概括,复述,让"意义"保持在眼前:是充实的,现场呈现的,因为意义最怕虚空。只有文本才能起到这样的作用,文本是**互换性的**载体,所以又是可忽略的。阅读文本归根结底就是逐渐忘去文本,只保留其语义的提炼:于是阅读随着文本抵拒力递减而加快速度,直到意义得到展示领会。

这就是说,居于统治地位的叙事观念企图消除语言中的异质,而新小说,一般来说,所有现代小说,都力图在其中写进它的矛盾复杂性。让·波朗对文本的这种异质混杂现象用诱惑航海水手的美人鱼作比喻来加以说明:

"如同美人鱼或人身牛头怪物,词语的力量是由一种奇异的混杂渗透、两个不可调和的异体相结合而形成。……经验告诉我们：词语所以有力量，就在它处在看不出的状态下；凡词语明显可见的地方，词语的力量就隐没不见！"[1]

总之，对现代小说可读性提出质疑看来是一个徒有其名的问题：因为可读性概念是相对的，任何可读性从某种意义上说都以不读作为代价。[2] 重要的是问一问人们选定让人读或自己要读的究竟是什么。对此，人们还记得《琴声如诉》出版时出现的一种批评意见，责备作者不尊重"写作常规"：

> "玛格丽特·杜拉斯并没有错误地认为同一事件可能……按照其叙述方式产生不同的情感。事件还是需要叙述的。……肯定地说，不论肖万、吉罗小姐[3]发生什么情况……对我们来说，事件仍旧还是那样的事件，这些人物对我们来说仍然还是这些

---

[1] 见让·波朗的《塔布之花》，加利马版，1941年，第94页。（译者按：让·波朗，1884—1968，法国理论家、作家。）

[2] 见我写的论文《论接受好书：〈玫瑰之名〉与阅读级差》，发表于《阅读》杂志，巴里，意大利南方出版社，1986年第18期。

[3] 玛·杜拉斯的代表作《琴声如诉》中的两个人物，肖万是小说主人公安娜·戴巴莱斯特准备去爱的男人，吉罗小姐是安娜·戴巴莱斯特的孩子的钢琴教师。——译者

人物，我们对他们仍然没有什么同情之感。……只要不打乱小说的基本条件，不割断主导线索，小说怎么写都不成问题……在性质上须保持不变的，即保持叙事形成的幻想不变，而这一切正是一个新出现的流派竭尽全力要加以改变的目标。"[1]

处于统治地位的叙事观念，宁取叙事形成的幻象以抵制文本。这种叙事观念采取简化文本手段无非是要求意义的表达让人觉得适当而欣悦。现代小说并不注意小说提供什么幻象，只求人们去阅读文本。现代小说不惜损害意义，而对词语能力提出质疑以达到布朗肖[2]所说的"灾难性的写作"，或罗朗·巴特的"语言混乱"的目的：

"写作的欲求，即爱欲，就是那直接面对语言的混乱：即语言<u>言之过甚又言之过少</u>那种癫狂境界。"[3]

因此，写作就是和无法说出的事物进行对质；向意义固

---

[1] 见 R·普莱的《违反常规》，载《里瓦罗尔》1958 年 7 月 10 日。1958 年子夜出版社"复本"丛书中《琴声如诉》附收此文，第 96—98 页。

[2] 莫里斯·布朗肖（1907—2003），法国小说家和极有影响的文学理论家。——译者

[3] 见罗朗·巴特《恋人絮语》，1977 年瑟伊版，第 115 页。（着重点为卡勒-格鲁贝尔所加）

有的溃散特性提出质询。[1]

现在需要考察的论题是：《情人》中杜拉斯式的写法相对来说并没有打乱一般阅读习惯，这种阅读习惯已经能够适应现代性——也就是说，避开现代性了。总之，我的看法与某些人的意见相反[2]，我认为杜拉斯的其他作品更能抵制种种文化俗套，她的那些作品不是可概述的，也不是可以归纳的，它们对其使之成为中介的东西仍然是强固而不可动摇的：文本中的"一句话"就取得激动人心的效果，也就是那种居于首要地位的绝对陈述：

　　他说：最后你说到什么？
　　她说：我说了。[3]

1　如这种极为细微的意义溃散："tennis déserts"（冷僻的网球场），"tennis désertés"（被空置的网球场）（见小说《副领事》），都是说所爱的人不见了。还有这种混杂方式："elle est tombée enceinte, d'un arbre, très haut, ... tombée enceinte"（《副领事》第20页），这里写的是语义范围的交叉：是说那个年轻的女乞丐怀孕了，从乌瓦洲平原的家中被驱逐出来。[译者按：此处系引杜拉斯小说《副领事》（1965）一些文句说明所谓极细微的意义溃散。]

2　如皮埃尔·梅尔唐斯说："……他们放弃了他们过去在形式和美学方面的原则，又回到正常状态……成为广大读者'可读'的了……似乎只有一个人没有放弃她的文学方法，这就是杜拉斯。从《副领事》到《情人》其间没有什么不同变化。"见1985年布鲁塞尔大学出版社巴若梅与埃恩德尔所编文集《她说：写》中《"杜拉斯年"可以休矣》一文，第14页。

3　玛·杜拉斯，《卡车》，子夜出版社，1977年，第21页。（译者按：《卡车》是玛·杜拉斯1977年出版的电影剧本。）

所以，仍然是文本、话语、效果组成《情人》的叙事网络，文本、话语、效果无疑是不可忽视的，因此这就给通常的小说消费方式提供了一个支撑点。

《情人》中多义成分容易造成误解，主要表现在两个方面：一是**自传内容的配置**，使之产生现实主义幻象，虽然作品在一些地方对此又加以否认；再是**情人这个人物**，这个人物很容易让人把他看作是某种感伤小说中同类人物，但在其他方面又显得奇特异常。人们一定注意到小说的标题，但大多不去注意它是这本书一个首要的字词，也是全书收尾最后一个字词，作为小说标题，这个词不是自始至终具备同样含义而没有变化，在小说阅读过程中，变化就显现出来了。

介于自传与一般作品之间

自传这种文学样式是按编撰法严格规定的某种法则所限定的，对此杜拉斯是既认可又不予同意，情况难以捉摸。所以这本书在自传与一般作品之间摇摆不定：在我的生活故事与我写作的故事之间摆动。叙述以第一人称开始，具有这种样式的作品所特有的那种回溯性叙事过程，如：

"太晚了，太晚了，在我这一生中，这未免来得太早，也过于匆匆。才十八岁，就已经是太迟了。在十八岁和二十五岁之间，我原来的面貌早已不知去向。我在十八岁的时候就变老了。……衰老的过程是冷酷无情的。我眼看着衰老在我颜面上步步紧逼，一点点侵蚀，我的面容各有关部位也发生了变化……我倒并没有被这一切吓倒，相反，我注意看那衰老如何在我的颜面上肆虐践踏，就好像我很有兴趣读一本书一样……我知道衰老有一天也会减缓下来，按它通常的步伐徐徐前进……我的面容已经被深深的干枯的皱纹撕得四分五裂，皮肤也支离破碎了。它不像某些娟秀纤细的容颜那样，从此便告毁去，它原有的轮廓依然存在，不过，实质已经被摧毁了。我的容貌是被摧毁了。"[1]

作品以此作为发端，与文本作者印在书封面上自己的名字不免相混同，一方面书中人物作为叙述者在"我"与另一方作为一个有血有肉的人实有的作者两相混同。读者一经进入作品，按照他借以形成的文化类型，准备阅读"一部回溯性散文叙事作品，由一个真实人物形成其自身存

---

[1] 见本书第6—7页。——译者

在——所强调的是——个人的生活,特别是有关他的人格的历史"[1]。作者-人物的同一,这就是鼓励读者决心接受融于叙事整体,即文本与文本外,写出的与生活过的、作品与作家的交融中某种情感通过再现与表现所形成的幻象,这正是有准备的读者理所当然的期待。总之,接受这种信任,承认小说特性借以培育的这种倾心信任,也就是相信**虚构即是真实**。

但是,在今天,选择写自传性作品,无异是选择走向死胡同,因为现代主题已经不再相信这种同一性假象,自传样式的作品在许多方面已经变质败坏。罗布-格里耶曾经挑衅性地断言:"除说我自己之外我什么也没有说"[2],这样,除非是有意为之的自恋倾向,也未能完全阻止《重现的明镜》纳入一直是有争议的叙事再现规律,罗布-格里耶的这部作品只好被判定是某种未必存在的同一性的表演活动罢了。娜塔莉·萨罗特把她的回忆限制在自身只能是极其薄弱的童年最初时期,强使叙事作品成为某种假设和虚拟。[3]至于米歇尔·比托尔,他最近在海德堡大学宣称:"我只愿意谈我

---

[1] 见菲力普·勒热纳的《关于自传体作品的共同约定》,1975年,瑟伊版,第14页。

[2] 见《重现的明镜》,1984年,子夜出版社,第10页。

[3] 此处指娜塔莉·萨罗特1984年发表的小说《童年》,有中译本。——译者

自己",紧接着又说:"不过其中也须含有虚构。"[1] 玛格丽特·杜拉斯的小说也有同样的含混性质,其中只要明显涉及自传题材,现实主义效果就处于支配地位,向虚构让步的那种令人困惑的手法也就非介入不可。如《情人》中这样写道:

> "我的生命的历史并不存在。那是不存在的,没有的。并没有什么中心。也没有什么道路,线索。只有某些广阔的场地、处所,人们总是要你相信在那些地方曾经有过怎样一个人,不,不是那样,什么人也没有。我青年时代的某一小段历史,我过去在书中或多或少曾经写到过……这里讲的有所不同,不过,也还是一样。以前我讲的是关于青年时代某些明确的、已经显示出来的时期。这里讲的是同一个青年时代一些还隐蔽着不曾外露的时期……也许是我原先有意将之深深埋葬不愿让它表露于外的。那时我是在硬要我顾及羞耻心的情况下拿起笔来写作的。写作对于他们

---

[1] 见《米·比托尔自述:一个作家的历程》,1986年1月30日在海德堡大学所作的报告。[译者按:米歇尔·比托尔(1926—2016),法国小说家,文学评论家,主要作品《变化》,1957年出版。]

来说仍然是属于道德范围内的事。现在,写作似乎已经成为无所谓的事了……有的时候,我也知道,不把各种事物混为一谈,不是去满足虚荣心,不是随风倒,那是不行的,在这样的情况下,写作就什么也不是了。我知道,每次不把各种事物混成一团,归结为唯一的极坏的本质性的东西,那么写作除了可以是广告以外,就什么也不是了。不过,在多数场合下……我不过是看到所有的领域无不是门户洞开,不再受到限制,写作简直不知到哪里去躲藏,在什么地方成形,又在何处被人阅读,写作所遇到的这种根本性的举措失当再也不可能博得人们的尊重……"[1]

叙事在这里按照一个冲突原则向前推进,既表示肯定,同时又加以否认。实际上,作品文本就像这样把读者推向纯粹的虚构,接着笔锋一转,又与《抵挡太平洋的堤坝》[2]联系起来——尽管这部自传性的小说里面一个名叫苏珊的人物与作者的名字并不相干。上述这种联系可以提供小说场并创造出一种使作者的现实性相对化的"自传空

---

[1] 见本书第10—11页。——译者
[2] 《抵挡太平洋的堤坝》是玛·杜拉斯1950年出版的小说。——译者

间",让作者与一种双重性存在发生关连:这种存在在生活中是真实的,在先已发表的陈述中却是文本性质的[1]。接下来("这里讲的是同一青年时代还隐蔽着不曾外露的时期……"),由于作者的揭示和写自传应有的真诚性的规定,形成的幻象于是得以加强。但是每一个段落的结尾在笔法上语言就变得软弱无力:如写作的所谓"根本性的举措失当"的双重含义,其中在"我"的生活历史记录的"举措失当"是对过去羞耻心的回应,同时又是写作虚荣心记录的继续,这种写法本来就是不"适当"的——按定义说,这种写作方式不适当,就像皮埃尔·梅尔唐斯说得极为精彩的那句话:"说出写作中的病例,真实性与生硬发僵这两种毛病也就治好了。"[2]

类似这样的开端,它提供了一种双重性,这种双重性按照阅读要求,以可变的比例,或者更正确地说,按照读者的判断的划分的比例,组合成为小说,同时又将小说分解。这就说明《情人》中各种关系的张力如何相互倒错。大凡杜拉斯式文本占上风,形成为牢不可破的网络,迫使读者适应或停留在无动于衷状态、感到激动或受到排斥,

---

1　"自传如果是作者发表的第一本书,那么书的作者就是不知名不被认识的,虽然书中讲的是他自己:在读者看来,他缺乏真实性的标记,标记就是**其他文本**先在的成果。"见前引菲·勒热纳,第23页。

2　见前引皮·梅尔唐斯的《"杜拉斯年"可以休矣》,第13页。

这样，杜拉斯式文本立刻就处于与读者能力和局限相适应的位置上了。

关于陈述主体的问题

在导致小说摇摆在自传与虚构之间的众多复杂的组成成分中，我提出三种重要因素加以讨论。

第一是"人物实无其人"手法。人们知道，小说真实性幻觉基本来自读者能够把语言法则形成的人物看成是一个陈述集中描述的心理学意义上的人物。但是如果没有任何**专有名词**去"充实"、装扮匿名的人称代词，使其成为**特定的人身**，那就会出现空白无有的危险，至少可能形成陈述主体含混不清。杜拉斯的手法正是运用种种不确定的、没有名称的、"说不出名字"的形式来形成这种含混。小说《情人》中叙述者"我"就没有名字，因此这个"我"与书封面上印出的作者姓氏同一始终处在不能确定这种状态，这是不是自传始终是一个疑问。而读者、叙述者也是一样，在语法时态一致性上往往吃不准陈述多重人物的"我"究竟是谁。"对你说什么好呢，我那时才十五岁半"，小说从一开始就出现这种矛盾的情况。在一般情况下，写作传记作品时惯用的诱骗手法是个人身份的一致性，杜拉斯则突出把讲自己的

"我"与第三人称孩子、女学生、小女孩、"她"割裂开来，从而使这种手法成为问题了。如：

> "从此以后，她发生什么事，他们是再也不会知道了。……现在，这个孩子，只好和这个男人相处了，第一个遇到的男人，在渡船上出现的这个男人。……住在寄宿学校的女学生规定下午休息散步，她逃脱了。"（见本书第 40—41 页）

事实上，写进小说的人名本来就很少：仅限于指明关系，母亲，女儿，妹妹，哥哥，情人，无非是一些法定的关系，而作品文本网络却把这种关系销蚀破坏了。

纵向聚合关系叙事

第二个令人感到气馁的方面是削弱自传原型，这就是利用纵向聚合关系组成的结构去抵制回溯性叙事的常规线性程序排列[1]。实际上，过去与现在的往复变动，青春时期与老

---

[1] 纵向聚合关系大体指按照所叙之事的各种成分的逻辑关系形成为叙事的共时性深层结构；回溯性叙事线性程序是按时序的因果关系支配的自传叙述，也就是作品表层结构。杜拉斯在小说中利用叙事多重结构交替转换以展开叙述。——译者

年时期、天真无邪时期和酗酒时期两副面貌同一性的探求，两者间形成的鸿沟间距有多大，所有这一切无不是将叙述处在时间性与时序的监护之下，即处在现实时间的监护之下。不同的是，当某种同一序列反复出现，如渡船过河，以及有关其组成成分一字一字地反复出现，这时，叙述便转而遵从另一种指令，即心理时间，这是一种强制性的时间，也就是意象时间。如小说中所写：

> 对你说什么好呢，我那时才十五岁半。
> 那是在湄公河的轮渡上。
> 在整个渡河过程中，那形象一直持续着。
> 我才十五岁半……（见本书第 7 页）

> 我才十五岁半。就是那一次渡河。我从外面旅行回来，回西贡，主要是乘汽车回来。（见本书第 12 页）

> 这就是那次渡河过程中发生的事。那次渡河是在交趾支那南部遍布泥泞、盛产稻米的大平原，即乌瓦洲平原永隆和沙沥之间从湄公河支流上乘渡船过去的。（见本书第 13 页）

> 看看我在渡船上是怎么样吧，两条辫子仍然挂在身前。才十五岁半。那时我已经敷粉了。我用的是托卡隆香脂……（见本书第 20 页）

> 才十五岁半。体形纤弱修长，几乎是瘦瘦的，胸部平得和小孩的前胸一样，搽着浅红色脂粉，涂着口红。加上这种装束，简直让人看了可笑。当然没有人笑过。我看，就是这样一副模样，是很齐备了。（见本书第 24 页）

有关渡船的情节，就像这样，由一小段一小段文字凑集起来，并且用空行隔开，按着电影软片上一格格画面的方式展开，类似的形象不停地反复再现，其中细节又始终变化不同，一种"内心影片"的效果就展现出来了。一种主体性按某种方式展开以形成为自身的电影，内心电影就是这种主体性的再现。主体之外，还有主体性——其中含有多重欲念的投影。

所以，小说中有两个层面在相互争夺：在线性叙事上，产生真实的（综合的）效果；在纵向聚合关系叙事上，意象的（部分的）效果又将上述真实效果推翻。实际上，叙事达到这一境地，小说虚构性就立刻物化成为类似底片那样的东西，原有的再现被另一种再现所俘获（或者说，由另一种再现所生成？），于是一页页的书就转移到家庭画册上面去了，或者说，转移到现实性上去了。这种虚构性又不断间接地受到其他支撑点的影响，转而成为某些记忆中地点的媒介。所以小说中写到母亲的那些照片：

"……就是有一张照片上拍下来的那个女人，那就是我的母亲。她那时拍的照片和她最近拍的照片相比，我对她认识得更清楚，了解得更深了。……我还看得出……她……只求照片拍下就是。"（见本书第17页）

还有下文所说当时还有另一张照片，这张照片与过去那张照片恰好形成为系列，在等同关系上这就把时序进程给排除了：

"我儿子二十岁时拍的照片又找到了。……这张照片拍得与渡船上那个少女不曾拍下的照片最为相像。"（见本书第16—17页）

这种照片-效果与自传作品根本不能相容：前面所说的

第一张照片是一种孤立的"已在";后面说的第二张照片是一种以不间断方式连接或试图连接过去与现在的"存在物"。

最妙的是乘渡船过河那个形象,竟成为不曾存在的"绝对的摄像":

> "这个形象本来也许就是在这次旅行中清晰地留下来的,也许应该就在河口的沙滩上拍摄下来。这个形象本来可能是存在的,这样一张照片本来也可能拍摄下来……所以这样一个形象并不存在……它是被忽略、被抹煞了。它被遗忘了……这个再现某种绝对存的形象,恰恰也是形成那一切的起因的形象,这一形象之所以有这样的功效,正因为它没有形成。"(见本书第13页)

由于这个形象是我以"他人"身份登场的,在这一场合,"我"既非主体亦非客体,而像罗朗·巴特所说的是"一个感到自身变成了客体的主体",所以照片表明渡河这件事具有象征功能,能将主题转换与主题开端融会贯通。正因为那张照片是**不存在的**,所以才使它具有意义:愈是想象的就愈是现时的,因为杂多,所以不能被认同,是向外蔓延的,所以抓不住,无法捕获。因此照片在玛格丽特·杜拉斯的文本中就像《描像器》[1]中所说的那种未拍成的照片那样发挥作用，也就是说，根据这样一张照片，宣告绝对主体性得以成立：主体也就是虚构，只可意会不可实取，只能按其幻象加以推测。在这里，与杜拉斯采用的电影形象方法形成对应的，就是关于主体性**不受限制的**阅读的基础形象。[2]

自 传 问 题

第三个令人困惑的方面是违反自传惯例，这是上述一项必然引出的结果，因为作家已发表的作品在这一作品中有的地方又行出现。小说文本实际上就是虚构得以展现的场所，**是我存在于我虚构的世界中**这种创造活动最好的活动场所。由此人们通过虚构，进一步通过构成不同作品的互文性，便可以理解自传效果（真正原型、主体同一性）的某种解构所起的作用。《情人》中穿插有其他小说的文字，先后引进的有

---

[1] 巴特在《描像器》一书中对于女儿作为母亲照片的不在现场是这样解释的："我不能出示玻璃花房的照片。它仅仅对我才是存在的，它仅仅是一张无谓的照片，此外无它，它只是'某一个什么'的千百种显示中的一种；它不可能形成为任何一种知识的可见的对象；它不能构成为某种对象的客体性，这个客体性是按其确定意义而言……对你来说，这种客体性是完好无损的。"见《描像器》，加利马·瑟伊版"电影丛刊"，1980年，第115页。

[2] 见杜拉斯的电影《阿加莎或不受限制的阅读物》（1981）。

《抵挡太平洋的堤坝》和《副领事》两书。《情人》中写到：

> "在渡船上，在那部大汽车旁边，还有一辆黑色的利穆新轿车，司机穿着白布制服。是啊，这就是我写的书里写过的那种大型灵车啊。就是那部莫里斯·莱昂-博来。那时驻加尔各答法国大使馆的那部郎西雅牌黑轿车还没有写进文学作品呢。"

（见本书第20页）

有些则是直接引自自己已发表的作品，如《抵挡太平洋的堤坝》的"猎手之家"、"猎手之夜"、"脏啊，我的母亲，我的爱"；但主要是通过泛泛想到已发表的书中的**虚构**人物，存在于叙述中的人，如《印度之歌》或《副领事》中有关殖民地的女人：

> "……她们什么也不做，只求好好保养，洁身自守，目的是为了……去欧洲……到那个时候，她们就可以大谈在这里的生活状况，殖民地非同一般的生活环境……舞会，白色的别墅……她们在别墅的阴影下彼此怅怅相望，一直到时间很晚，她们以为自己生活在小说世界之中……在她们中间，有些

女人发了疯。"(见本书第 22 页)

这种**重写**的效果像这样插入作品,也就是借助意象-场景写法[1]持续不断释解叙事所形成的幻象。在这里,矛盾现象出现了:因为与先前的作品互为参照,既证实了自传性,又肯定了一定的类同性,因为这是**作家**自己写出的文本,必然包含有作者的秘密在内。

由此可见,《情人》中有两种互为逆向的情况在起作用,如果借助自传在读者方面有利于形成期待并适应文化惯例,这就有某种令人失望的因素出来干扰正常阅读规则。只要叙述者"我"作为作者这个问题在起支配作用,叙述者"我"最终也就归入"我-她"各个部分,给"我-她"焊接上种种叙事片断,通过给予各种"我-她"情况一种意义,封闭各个空缺省略之处,这样,就具备了**由果至因陈述**一致性与内聚力应有的那种意义。就像这样,一种全知的地位——即

---

[1] 有关于此,可注意的是:《情人》中叙述者"我"分明与安娜-玛丽·斯特雷特以及类同幻象都已经相互认同:"这位夫人和这个戴平顶帽的少女都以同样的差异同当地的人划分开……她们两个人都是被隔离出来的,孤立的。是两位孤立失群的后École。她们的不幸失宠,咎由自取。她们两人都因自身肉体所赋有的本性而身败名裂。她们的肉体经受情人爱抚,让他们的口唇吻过,……可以为之而死的死也就是那种没有爱情的情人的神秘不可知的死。问题就在这里,就在这种希求一死的心绪。"(见本书第 70 页。译者按:安娜-玛丽·斯特雷特是 1965 年出版的《副领事》中的人物,在 1964 年出版的小说《洛尔·瓦·斯泰因的迷狂》中已经出现。)

作者的视角——支配着纵向聚合关系虚构所承担的不知的情境。同样，与**生活各阶段**有关的聚合效果就将**作品文本各不同状态**的写作过程的瓦解给排除了。说到这里，参证下面的事实是很有启发的：主要就是1984年9月28日在电视台专题节目中杜拉斯与皮沃[1]对话讲到那种调解性的说法，将作品文本的张力与种种反常情况给遮掩过去了，简单地将作品归于某种生活经历、真诚性，并且把"情人"说得好像是一个实有的人，而不是小说人物。

情人这个人物

说情人是一个人物，也就是说这是杜拉斯文本展示出来的一个虚构性构成体。但是杜拉斯作品中这个人物实际上具有**两种状态**，人们很少注意：第一种状态是在先前的作品《抵挡太平洋的堤坝》（1950）中饶先生这个人物，这个人物已经完全具备1984年情人的性格特征：中国人，富有，处在爱情关系之中，婚姻遭到父亲禁止。写到的亲戚关系也相同：母亲，哥哥，妹妹，情人，哥哥与情人相互对立。叙事场景也是相同的：殖民地，贫困，疯狂。两部作品尽管相似，但差异却是根本性的。唯一不一致的地方是情人这个人物和他

1　皮沃是巴黎电视台专题节目"Apostrophes"著名主持人。——译者

与少女的关系。描写一开始就是这种不怀好意的场景:

"饶先生是那个足智多谋很有办法的人的蠢得可笑的儿子。此人家财万贯,可是继承人只有一个,这个继承人又非常缺乏想象力……对这个孩子人们是不抱希望的。你以为是孵出了一头雄鹰,你办公桌下却飞出来一只金丝雀……这就是那个坠入情网的男子,有一天晚上,在拉阿姆,爱上了苏珊。他可交上了好运,又碰上了一个约瑟夫。还有那个母亲。"[1]

这位饶先生在小说中很快变成了一个丑陋可笑的人物,起着陪衬作用。不过,饶先生在交易压倒爱情的场合下扮演的是"反情人"角色,事实上苏珊拒绝与他相爱——因为根据第一次肉体接触经验她选择的是他哥哥的朋友,猎人。

"饶先生和她讲了留声机以及留声机种种不同的价值,要求苏珊给他打开浴室房门,让他看一看她全裸的模样,条件是送给她一架新型胜利牌留声机带唱片,巴黎最新出品。实际上苏珊每天晚上到

---

[1] 《抵挡太平洋的堤坝》,加利马出版社,1950年,原书第64—65页。

拉阿姆去之前都要洗个淋浴，他正在谨慎地敲浴室的房门。

"'开开门。'饶先生说，声音很轻。'我不碰你，我不进门，我只是看看你，开开门吧。'

"……

"苏珊不动，一直等着，想知道该怎么办。她机械地表示拒绝。说不行。开始，是不容情的，不行。可是饶先生还祈求，这时这个不行渐渐发生变化，苏珊像是被囚禁的人那样，僵在那里，也只好随它去了。他极想看到她。这毕竟是一个男人最渴望的事。她么，她也正好在，正是要人看的，只要把门打开就行。在世界上还没有一个人看到站在门后的这个女人。那本来不是为了隐藏起来的，相反，那是为了让世界看的，而且需要借这个世界去开辟道路，能做到的毕竟是他，就是这位饶先生。可是，当她正要打开暗暗的浴室的门让饶先生眼光看进来，让光芒照在这种神秘之上，正在这个当口，饶先生又说起那个留声机了。

"'留声机你明天就拿到，'饶先生说，'明天。一架漂亮的留声机。苏珊，我的小亲亲，只开一秒钟门，留声机就归你。'

"就像这样,当她要开门的时候,让世界一睹其人,世界竟将她置于卖淫的地位。……

"她软弱无力地说:'你这个下流坯。'"[1]

这一幕对于饶先生与苏珊二人可能发生的种种关系来说,是具有象征意义的:这是一种下降到以具体报偿为条件的单纯观淫癖的私人之间的关系,具体报偿就是留声机、衣裙、钻石。再加上与修筑海堤的绝望相关的经历,贫穷,还有处处倒霉碰壁。与《情人》中肉体和欢爱的发现相对照,这里的写法恰好相反,显得鄙污而不堪入目。特别值得注意的是,自1950年这部作品以后,关连极为密切而且仿佛是"可逆转的",对于与情人关系的相互对立又那么相互接近那种双重面貌,这就是鄙污与壮美。那种诗意在这里也就显露出来,如:"借这个世界开辟通道","光芒照在这种神秘之上","让世界一睹其人",但这种诗意随即又被"世界竟将她置于卖淫的地位"给淹没了。不过这种诗情与《情人》中"卖淫"组成成分虽未消除但余音微弱相反,却是一种强音。

因此,某种"真实性"问题(即"真实"人物可能是谁的问题),很清楚,是没有对象的。叙事布局只能依靠叙写

---

[1] 《抵挡太平洋的堤坝》,原书第72—73页。

虚构的场景，叙事布局一次次都是按照其他可能性才得到演示和证实。叙事布局以一种彼此对立的新组合方式演示种种戏剧性主题，即情人的爱情与哥哥的爱情、爱情与乱伦相对立。这两种力量在《抵挡太平洋的堤坝》中相互排斥互不相容，其紧张关系在小说中以两个名字为代表——被赶走的钟情者**饶先生**只不过是哥哥猎人**约瑟夫**二分之一的回声[1]。在《阿加莎》(1981)中也是这两种力量纠结竞逐形成其中的对话[2]，可是在小说《情人》中，这两种力量虽然始终处于冲突状态，但彼此的标志对换了；下面两个片段可以说明：

"他付账。他算算是多少钱。……大家站起来就走了。没有人说一声谢谢。我家请客一向不说什么谢谢，问安，告别，寒暄，是从来不说的，什么都不说。我的两个哥哥根本不和他说话……他在我大哥面前已不成其为我的情人。他人虽在，但对我来说，他已经不复存在，什么也不是了。他成了烧毁了的废墟。我的意念只有屈从于我的大哥，他把我的情人远远丢在一边了。"（见本书

---

[1] Jo（饶先生）与 Joseph（约瑟夫）第一个音节 Jo 相同。——译者
[2] 玛塞尔·马里尼在她的《她说：写》一书中说得很好，说这两种力量是"对他人的肉体不予容忍而加以禁止"。第 47 页。（译者按：《阿加莎》是玛·杜拉斯 1981 年出版的小说。）

第 56—58 页)

另一方面:

"吻在身体上,催人泪下。也许有人说那是慰藉。在家里我是不哭的。那天,在那个房间里,流泪哭泣竟对过去、对未来都是一种安慰。"(见本书第 51 页)

这部新写成的小说,就像这样,在它所选取的互文内部,使形成同一寓言条种变体的比喻得以完备,给整个建筑增添了一个三重维度形象,乱伦问题在幻觉场景上借此得到控制。分析家可以说,问题是解决了。

这就是两部写成时期相隔甚远的作品之间显现出来的恰到好处的最基本的对照,目的是为避免《情人》中可能遇到那种追求故事性的陷阱,这就牵涉到第二种同一性的问题,即感伤性叙事作品所追求的那种同一性。这种作品最适合自传性的同一,它推动读者与小说人物同化,相信与人物生活在同一种不可抗拒的激情之中。认为作者、叙述者、人物和读者不分彼此一致处在阅读作品产生的幻象的一切环节之中,这样,虚构作品与现实也就相互交混不可分辨了。书的题目就会引起这样的误解。标题本身就是一个误会。因为这类名目加以抽象可以让任何一个人理解为另一种什么意思，现在这个题目恰恰就是这样。字典上对这个词现代意义的解释是："情人：与一个没有和自己结婚的女人发生性关系的男人"；这一释义若从（感情、婚姻）那种关系的含义划分开来，它本来就是杜拉斯小说中的那种含义。但是，这个基本定义渐渐融合到文本语境之中，语义符号在其中按照叙述动力形成的线索进行加工和组织，使词义单位"情人"承载一种**意指作用**，因此也就成了一种独特的**功能**。这种功能远非含糊不清的原初固有的协调一致，而是构建出另一种关系。

一方面，已成惯例的参照功能事实上被另一种新的**叙述功能**所销蚀，面对读者的期待它是令人失望的。情人则与书的标题所宣告的相反，既不是主要人物，也与作品全面展开没有关系。他更不是聚焦的特定所在。叙述视角，叙述的语态——人们就是在这方面才能有所见、有所言——根本都不是属于他的，而是属于那个女人的。

"……她很注意这里事物的外部情况，光线，城市的喧嚣嘈杂，这个房间正好沉浸在城市之中。他，他在颤抖着……他……只顾说爱她，疯了似的爱她，他说话的声音低低的……她本来可以回答说她不爱他。她什么也没有说。突然之间，她明白了……他并不认识她，永远不会认识她，他也无法了解这是何等的邪恶……由于他那方面的无知，她一下明白了：在渡船上，她就已经喜欢他了。他讨她欢喜，所以事情只好由她决定了。"（见本书第41—42页）

所以情人根本不是主角，他是中介，"过渡"。他是反映"我"转换变化的一面镜子，而且以一种最为复杂的方式，从自己看自己的"我"转变成为情人眼中的"他人"。情人在这里是所谓"生息"，为搭档产生出新价值和新意义的生产者。至于"我"的变化，人们早已看到，变化已在极其微小的差异中具体化，没有名字，只有一个非自身的代名词——第三人称代词。这时，情人的叙事功能已不能再适应相应的参照功能，情人的叙事功能现在建立在一种对立关系上，即我-他。这是新出现的叙事功能所建立的三极关系，即我-他-她，任何关系的发生**同样都包括**在这个范围内；说其中两个成员归并为一，也仍然起作用，而且其中一加一按另一种逻辑就等于三。这个第三项"她"，构成为某种将成未成的结果，即归并中的变异，变异性。

在杜拉斯那里，这种三极关系叙事功能绘出了一个三角图式，这在她一系列作品中都可以看到，发展高峰时期无疑应该是这些作品：《直布罗陀水手》（1952年），《洛尔·瓦·斯泰因的迷狂》（1964年），《副领事》（1965年），《她说毁灭》（1969年），《印度之歌》（1973年），而《爱情》（1971年）一书类似某种纵向聚合关系范型的图样，在这本书中一个女人和两个男人的无名的影子在海滩上描绘出一幅爱情活动动机的图景。这种三角关系在《情人》中通过海伦·拉戈奈尔这个人物也有迂回的描写：

"海伦·拉戈奈尔身体略为滞重，还在无邪的年纪，她的皮肤就柔腴得如同某类果实表皮那样……

"我因为对海伦·拉戈奈尔的欲望感到衰竭无力。

"我因为欲望燃烧无力自持。

"我真想把海伦·拉戈奈尔也带在一起，每天夜晚和我一起到那个地方去，到我每天夜晚**双目闭起**享受那让人叫出声来的狂欢极乐的那个地方去。我想把海伦·拉戈奈尔带给那个男人，让他对我之所为也施之于她身。**就在我面前那样去做**，让她按我

的欲望行事，我怎样委身她也怎样委身。这样，极乐境界迂回通过海伦·拉戈奈尔的身体、穿过她的身体，从她那里再达到我身上，这才是决定性的。"
（见本书第79—80页。活体字系本文作者所注）

海伦·拉戈奈尔这个名字与"她"字谐音，有时也写作"海伦·拉"[1]，爱情关系在此就这样具体化了，也就是说，不同的人一起获得那种"极乐境界"是不可能的，但在那种欢乐中"我"可以消失（"双目闭起"），但由于"认知"，"我"在其中可以获得并看到自己处在狂欢极乐之中。很清楚，这决不是一般常见的那种意指（如情节剧中"夫妻之外再加上第三者"），而是借助这种新的人物叙事功能（结构功能）形成为一种正在建立的既定意义的移位，也可以说是一种参照性意指，一种**微分意指**（signification différentielle）。

事实上，这种意指作用在杜拉斯那里是由矛盾修饰手段的配置这种特有的渠道转化而来，其中情理与悖理（意义与反意义）相互纠结，因而冲破决定传达系统的反义网络。例如，爱情在其中有时写成为意义矛盾的词的组合："说得很有戏剧味儿，说得既得体又真挚"，不过，更为常见的是

---

[1] Lagonelle（拉戈奈尔）最后音节与elle（她）相同。Hélène L.（海伦·拉），其中L与elle在原文读音完全相同。——译者

《情人》中许多对立方面的设置保持有一个距离，这样就可以使意义不要被粗暴地扭曲。因此，谈情说爱的语言采取两种相反的方式加以处理，有时采用一些女店员、年轻女子都熟悉的陈词滥调，如：

"他对她说，和过去一样，他依然爱她，他根本不能不爱她，他说他爱她将一直爱到他死。"[1]
（见本书第123页）

有时与之相反，着重进行加工以求表现适当——如关于"做爱"，这就出现一整套异乎寻常十分精彩的组合形式：

"我想：他的脾性本是如此，在生活中他就是这样做的，也是这样爱的，如此而已。他那一双手，出色极了，真是内行极了。我真是太幸运

---

[1] 我认为小说这些地方"写得差"，是因为文本至此黯然失色，是向某种取悦于人的陈词滥调让步，我完全赞同勒内·帕扬（René Payant）的意见："玛格丽特·杜拉斯的小说我觉得我只是在'内容遗忘症'实际产生条件下才是'可容忍的'……像她所描写的激情，在今天，只是因为是**写出来的**，在文本所支配的条件下，才是'可接受的'。"这就是说，当这些故事不再仅仅是"为了说话的色调，即音色，才说出来"，《情人》才会引起误会，也就是说，有助于女店员、小女工阅读。见勒内·帕扬：《不可能的话语》，载《玛格丽特·杜拉斯在蒙特利尔》，第157—169页。

了,很明显,那就好比是一种技艺,他的确有那种技艺,该怎么做,怎么说,他不自知,但行之无误,十分准确。他把我当作妓女,下流货,他说我是他唯一的爱,他当然应该那么说,就让他那么说吧。他怎么说,就让他照他所说的去做,就让肉体按照他的意愿那样去做,去寻求,去找,去拿,去取,很好,都好,没有多余的渣滓,一切渣滓都经过重新包装,一切都随着急水湍流裹挟而去,一切都在欲望的威力下被冲决……

"我在这声音、声音流动之中爱抚着他的肉体……

"我要求他再来一次,再来再来。和我再来。他那样做了。他在血的润滑下那样做了。实际上那是置人于死命的。那是要死掉的。"(见本书第47—48页)

在这一段文字中,"做爱"的表现作为基础,"做"转化为"知道怎么做","渣滓"与下文,按照母亲的语汇,叫做廉耻丧尽的东西——或"败坏堕落的东西"相呼应[1];说,

---

[1] "渣滓"(déchet),与下文"败坏堕落"(déchéance)相对应。——译者

在某种意义上，始终也就是做，因此就介入了意指链：如小说结尾出现的所谓"永远的爱情"这种天真的说法，在这里，就变成为"肉体上"交合的最初的记述：所谓"再来"[1]。而且文本通过动词词形变化如 il le fait（他那么做），me fait（和我做），l'avait fait（已经那样做了），est fait-effet（已做-实现），不论是过去式还是现在式，表现出来的都是相同音调的回响[2]，这样，也就把爱情固定在"绝对的瞬间"上面了。通过时间性的废除，把爱与死连结在一起，也是一样。文本自始至终，各种矛盾都以这种方式交相呼应：所以有必要向作品浓密厚度中去阅读，即反复回溯阅读。

有两个例证可以进一步说明这类新的意指方式，在小说叙事推进过程中，在"爱情"与"情人"这两个词上就运用了这种新的意指方式。对公认的观念反其道而行之，一方面，爱情一般看来就是求欢取乐之意，如小说中说：

"即便是爱我，我也希望你像和那些女人习惯做的那样做起来。"（见本书第42页）

"……我认为他有许多女人，我喜欢我有这样

---

[1] 肉体上，即 en le corps，与再来，encore，两者谐音。这是本文作者从用词与音位上提出问题。——译者

[2] 此处系按动词 faire（做）的词形变化提出问题，认为这样的写法表现出某种"绝对的瞬间"的含意。——译者

的想法，混在这些女人中间不分彼此……"（见本书第 47 页）

另一方面，"无限的爱"的通常含义因为与年幼的身体（"未长成"）相联系而变质，因此引出文本中一系列类同语词，其中"无限"不再是指"无终结"（静止不变），而是指"未完成"，亦即"在完成中"[1]，借助这样的手法，又有下面一段文字：

"他呼吸着眼前的一个孩子……这身体的界限渐渐越来越分辨不清了，这身体和别的人体不同，它不是限定的，它没有止境，它还在这个房间里不断扩大，它没有固定的形态，时时都在形成之中……它展现在目力所及之外，向着运动，向着死延伸而去……它在欢乐中启动，整体随之而去，就像是一个大人，到了成年，没有恶念，但具有一种令人恐惧的智能。"（见本书第 106 页）

---

1 无限的爱原文为 amour infini，未长成 pas fini（亦可译为无止境）；无限 infini，无终结 sans fini，未完成 non fini（与未长成近似），这些类同语词均与 fin（终结）一词有关。一系列类同语词在一个意义段中反复出现，自有其意义与效果。——译者

总之，在肉体之爱与情感之爱两者之间语义上的对立为了前者而倾向于摈斥后者。这种冲突以通常惯用的方式来维系叙事展开，但在全书末尾几页上，却突然成为问题。因为这种种冲突对先在的语义内容经过一番加工制作，重读下面一段文字就使一切都改观了：

"……她哭了，因为她想到堤岸的那个男人，因为她一时之间无法断定她是不是曾经爱过他，是不是用她所未曾见过的爱情去爱他，因为，他已经消失于历史，就像水消失在沙中一样，因为，只是在现在，此时此刻，从投向大海的乐声中，她才发现他，找到他。"（见本书第120—121页）

冲突是超越了，说明其中包括有一种更加精微巧妙的张力，表现出肉体之爱与情感之爱必然是同一种经验的两个侧面，即关于时间的经验。肉体之爱维系在瞬间——销魂喜悦。而情感则要求距离，沉思反顾，时间延绵。在这个过程中，按照上述情况，情人的变形必然要再次写在自传中判断的核心地位上，也就是写在**反思的时间之中**。

作为本文的结束，还须回过来谈一谈书的题目，这个题目包含有两个层次，好的一面，坏的一面。第一个层次，从一开始就引出一个有所指的对象,与处于主导地位的聚焦中心点叙述者——作家"我"发生关系。第二个层次,对于读者这方面来说,情人即意味着"中介",即关系,以及展示,从自身到自身,从自身到世界。小说中的情人因此转化为意义得以调动和产生的那种情况:通过意义(肉欲的和合理的)破坏而成为一种生发作用。题目在第一个层次上指向一般常情,以取悦读者方面那种观淫癖倾向。在第二个层次上,它指向一种功能作用(发生关系);以引导读者寻求非一般人可能体会发现的感受含义——直至意指所形成的意境。

我希望我已经阐明,脉络历历皆在,白纸上写着黑字。但是读者的迫切要求可能或者不能把它们激活突现出来。《情人》所叙述的故事与《副领事》那样的作品是不相同的,《副领事》中有三个故事,只有将三个故事的文本交叉来看才可以理解,《副领事》作为一本书,始终是开放的,由夏尔·罗塞特的故事开始,到副领事的幻想结束。而《情人》的故事是封闭在它的意图的要求的各个点上:开始,对作为自传中的"我"加以肯定;到结尾,以复制爱情的适当语言告终。应该承认,或者隐而不说,这就是自始至终形成杜拉斯作品风格的魅力之所在:意指的震颤波动。

我的师承

王小波

我终于有了勇气来谈谈我在文学上的师承。小时候,有一次我哥哥给我念过查良铮先生译的《青铜骑士》:

> 我爱你,彼得兴建的大城,
> 我爱你庄严、匀整的面容,
> 涅瓦河的水流多么庄严,
> 大理石铺在它的两岸……

他还告诉我说,这是雍容华贵的英雄体诗,是最好的文字。相比之下,另一位先生译的《青铜骑士》就不够好:

> 我爱你彼得的营造
> 我爱你庄严的外貌……

现在我明白，后一位先生准是东北人，他的译诗带有二人转的调子，和查先生的译诗相比，高下立判。那一年我十五岁，就懂得了什么样的文字才能叫做好。

到了将近四十岁时，我读到了王道乾先生译的《情人》，又知道了小说可以达到什么样的文字境界。道乾先生曾是诗人，后来做了翻译家，文字功夫炉火纯青。他一生坎坷，晚年的译笔沉痛之极。请听听《情人》开头的一段：

> 我已经老了。有一天，在一处公共场所的大厅里，有一个男人向我走来，他主动介绍自己，他对我说："我认识你，我永远记得你。那时候，你还很年轻，人人都说你美，现在，我是特为来告诉你，对我来说，我觉得现在你比年轻的时候更美，那时你是年轻女人，与你那时的面貌相比，我更爱你现在备受摧残的面容。"

这也是王先生一生的写照。杜拉斯的文章好，但王先生译笔也好，无限沧桑尽在其中。查先生和王先生对我的帮助，比中国近代一切著作家对我帮助的总和还要大。现代文学的其他知识，可以很容易地学到。但假如没有像查先生和王先生这样的人，最好的中国文学语言就无处去学。除了这两位先生，别的翻译家也用最好的文学语言写作，比方说，德国诗选里有这样的译诗：

> 朝雾初升，落叶飘零
> 让我们把美酒满斟！

带有一种永难忘记的韵律，这就是诗啊。对于这些先生，我何止是尊敬他们——我爱他们。他们对现代汉语的把握和感觉，至今无人可比。一个人能对自己的母语做这样的贡献，也算不虚此生。

道乾先生和良铮先生都曾是才华横溢的诗人，后来，因为他们杰出的文学素质和自尊，都不能写作，只能当翻译家。就是这样，他们还是留下了黄钟大吕似的文字。文字是用来读，用来听，不是用来看的——要看不如去看小人书。不懂这一点，就只能写出充满噪声的文字垃圾。思想、语言、文字，是一体的，假如念起来乱糟糟，意思也不会好——这是最简单的真理，但假如没有前辈来告诉我，我怎么会知道啊。有时我也写点不负责任的粗糙文字，以后重读时，惭愧得无地自容，真想自己脱了裤子请道乾先生打我两棍。孟子曾说，无耻之耻，无耻矣。现在我在文学上是个有廉耻的人，都是多亏了这些先生的教诲。对我来说，他们的作品是比鞭子还有力量的鞭策。提醒现在的年轻人，记住他们的名字，读他们译的书，是我的责任。

现在的人会说，王先生和查先生都是翻译家。翻译家和著作家在文学史上是不能相提并论的。这话也对，但总要看看写的是什么样的东西。我觉得我们国家的文学次序是彻底颠倒了的：末流的作品有一流的名声，一流的作品却默默无闻。最让人痛心的是，最好的作品并没有写出来。这些作品理应由查良铮先生、王道乾先生在壮年时写出来的，现在成了巴比伦的空中花园了……以他们二位年轻时的抱负，晚年的余晖，在中年时如有现在的环境，写不出好作品是不可能的。可惜良铮先生、道乾先生都不在了……

回想我年轻时，偷偷地读到过傅雷、汝龙等先生的散文译笔，这些文字都是好的。但是最好的，还是诗人们的译笔；是他们发现了现代汉语的韵律。没有这种韵律，就不会有文学。最重要的是：在中国，已经有了一种纯正完美的现代文学语言，剩下的事只是学习，这已经是很容易的事了。我们不需要用难听的方言，也不必用艰涩、缺少表现力的文言来写作。作家们为什么现在还爱用劣等的文字来写作，非我所能知道。但若因此忽略前辈翻译家对文学的贡献，又何止是不公道。

正如法国新小说的前驱们指出的那样，小说正向诗的方向改变着自己。米兰·昆德拉说，小说应该像音乐。有位意大利朋友告诉我说，卡尔维诺的小说读起来极为悦耳，像一串清脆的珠子洒落于地。我既不懂法文，也不懂意大利文，但我能够听到小说的韵律。这要归功于诗人留下的遗产。

我一直想承认我的文学师承是这样一条鲜为人知的线索。这是给我脸上贴金。但就是在道乾先生、良铮先生都已故世之后，我也没有勇气写这样的文章。因为假如自己写得不好，就是给他们脸上抹黑。假如中国现代文学尚有可取之处，它的根源就在那些已故的翻译家身上。我们年轻时都知道，想要读好文字就要去读译著，因为最好的作者在搞翻译。这是我们的不传之秘。随着道乾先生逝世，我已不知哪位在世的作者能写如此好的文字，但是他们的书还在，可以成为学习文学的范本。我最终写出了这些，不是因为我的书已经写得好了，而是因为，不把这个秘密说出来，对现在的年轻人是不公道的。没有人告诉他们这些，只按名声来理解文学，就会不知道什么是坏，什么是好。

* 载于1996年6月第2期《香港笔荟》杂志。曾收录为花城出版社1997年版《青铜时代》中《万寿寺》的序。但依据作者硬盘里的文章，应为该书总序。《寻找无双》《红拂夜奔》《万寿寺》三部长篇小说曾被编为"青铜时代"。

MARGUERITE DURAS
L'amant
L'amant©Les Editions de Minuit, 1984
2022 SHANGHAI TRANSLATION PUBLISHING HOUSE (STPH)
All rights reserved.
《我的师承》©李银河 经新经典文化股份有限公司授权。

图字：09-1997-038 号

图书在版编目（CIP）数据

情人：特精版 /（法）玛格丽特·杜拉斯著；王道乾译. —上海：上海译文出版社，2022.2
ISBN 978-7-5327-9015-9

Ⅰ.①情… Ⅱ.①玛… ②王… Ⅲ.①长篇小说—法国—现代 Ⅳ.①I565.45

中国版本图书馆CIP数据核字（2022）第022981号

情人（特精本）

［法］玛格丽特·杜拉斯 著　王道乾 译
责任编辑 / 黄雅琴　装帧设计 / 汐和 at compus studio　封面插画 /CiCi Suen

上海译文出版社有限公司出版、发行
网址：www.yiwen.com.cn
201101　上海市闵行区号景路159弄B座
上海雅昌艺术印刷有限公司印刷

开本 787×1092　1/32　印张 9.25　插页 5　字数 124,000
2022年4月第1版　2022年4月第1次印刷
印数：00,001—50,000 册

ISBN 978－7－5327－9015－9/I・5604
定价：49.00 元

本书中文简体字专有出版权归本社独家所有，非经本社同意不得转载、摘编或复制
如有质量问题，请与承印厂质量科联系。T：021-68798999